느릅나무 밑의 욕망

느릅나무 밑의 욕망

유진 오닐 지음 | 신정옥 옮김

B 범우

차 례

■ 이 책을 읽는 분에게

　　유진 오닐은 우리나라에서 가장 잘 알려진 미국의 극작가다. 그의 작품 중 〈느릅나무 밑의 욕망〉은 자서전적 희곡 〈밤으로의 긴 여로〉와 더불어 세계 연극사에 길이 남을 수작으로 정평이 나 있다.

　　오닐에게는 〈몽테크리스토 백작〉의 에드몽 당테스 역을 24년간 6천여 회 순회 공연한 그 당시의 명배우인 아버지와 피아니스트인 어머니로부터 물려받은 예술적 천품天稟이 잠재하였을 것이다. 그러나 오닐은 아버지가 '몽테크리스토 백작' 연기에 빠져들고 그 연극이 대표하는 멜로드라마, 센티멘털리즘, 대중 영합적 로맨티시즘, 선악이 뚜렷이 구별되는 등장인물 등 진부한 레토릭rhetoric에 대하여 비판하고 반항하는 연극에서 대성하므로써 아버지 세대에 대한 반항아적 작가로서, 반사회적·반도덕적 작품으로 세상과 연극계에 도전을 한 것이다. 〈느릅나무 밑의 욕망〉이 공연 금지된 사실은 오닐의 저항의식을 짐작하게 하는 것이다.

　　또 오닐의 어머니에 대한 관념도 문제의식으로 작용하였다. 어머니는 오닐의 출산후 건강이 악화되어 마약에 생을 마감할 때까지 의지하며 생활하였다. 오닐은 어머니에 대한 허망함을 유모에게서 조금은 보충 받았으니, 오닐의 여인상이 가냘픈 여인보다는 두터운 모성애를 가진 육감적인 여인으로 묘사되는 것은 어머니에 대한 반항의식이 오닐의 독특한 작품 경향으로 나타난 것이다.

이 작품의 주요 인물은 나이든 아버지 캐봇, 장성한 아들 에벤, 그리고 새로 맞이한 캐봇의 아내이자 에벤의 계모인 애비가 있다. 각각 소유에 대한 욕망을 강렬하게 가지고 있으며, 캐봇의 새 아내와 아들은 아버지를 배반하는 애정을 키워 애비는 에벤의 어머니가 되고 애인이 되고 아내가 될 여자가 되니, 1850년대의 사회 사조로 보아서 이 작품이 공연 금지가 되는 풍파를 겪은 바 있음도 사회에 대한 작가의 도전이라고 하지 않을 수 없다.

근래에 와서 우리나라도 가정의 질서와 애욕과 물욕, 그리고 여성·남성의 개념의 변천 등 새롭고 혁파적인 사태가 비일비재하다. 1924~5년에 이 작품이 많은 관극인의 호평을 받았으나 우리나라에서는 오늘날에도 이 연극의 소재는 많은 화제를 일으킬 수 있는 호재와 악재를 가지고 있다. 그러나 그 모든 것을 초월하며 한 쌍의 남녀의 아름다운 사랑과 자기희생 정신은 우리에게 감동을 주지 않을 수 없을 것이다.

이 희곡은 유진 오닐 작 《느릅나무 밑의 욕망Desire Under the Elms》(Random House, 1924년 간행, 1952년 개정판)을 사용하였

으며, 등장인물 등은 역자가 부기附記한 바 있다.

해를 거듭할수록 새롭게 조명되고 해석해야 할 이 희곡의 번역이 우리 연극이나 문화에 조금이라도 이바지가 된다면 역자의 큰 보람이 될 것이며, 이 책을 출판해 주시는 범우사에 깊은 감사를 드린다.

2004년 8월

옮긴이

느릅나무 밑의 욕망

Desire under the Elms

■ 등장 인물

이프레임 캐봇 : 75세, 뉴잉글랜드의 농부.

시미언 : 39세, 장남, 이프레임의 전처의 아들, 에벤의 이복형.

피터 : 37세, 차남, 이프레임의 전처의 아들, 에벤의 이복형.

에벤 : 25세, 삼남, 이프레임의 후처의 아들.

애비 퍼트남 : 35세, 이프레임의 새 아내로서 농장에 들어옴.
에벤과의 사이에서 불순한 불꽃을 태움.

기타 : 젊은 처녀, 두 사람의 농부, 악사, 보안관 및 두 부하, 이
웃 농장의 사람들

□ 무대 장치가를 위한 설명

　이 극의 줄거리 중 사건은 모두 뉴잉글랜드의 캐봇 농가의 안과 그 바로 밖에서 일어난다. 때는 1850년. 이 집의 남쪽 끝이 객석을 향해서 돌담에 면해 있다. 돌담의 중앙에 시골길로 통하는 나무문이 있다. 집의 상태는 좋지만, 페인트칠을 할 필요가 있다. 회색 벽은 빛 바래 있고, 녹색 덧문도 퇴색되어 있다. 두 그루의 엄청나게 커다란 느릅나무가 집 양측에 서 있어서, 지붕 위로 잡아끄는 듯 가지를 늘어뜨리고 있다. 어딘가 이 집을 보호하는 것 같기도 하고, 또한 짓누르는 것같이도 보인다. 그 모습에서 일종의 사악한 모성애를 느끼게 하고, 중압하고 독점하려는 집념이 느껴진다. 바람에 흔들리지 않을 때에는 이 느릅나무야말로 이 집안 식구의 생활과 밀접한 접촉을 하여온 탓인지 놀라고도 남을 정도의 인간의 정취를 느끼게 한다. 압박하는 듯이 이 집을 품어 안으며, 두 나무는 마치 피곤에 지친 두 여인의 늘어진 유방과 양 손, 그리고 머리채를 지붕 위에 얹고 쉬고 있는 여인들 같기도 하다. 비가 오면 그들의 눈물이 한결같이 흘러내려 지붕 판자를 썩어 문드러지게 한다.

대문으로부터 작은 길이 집 오른쪽 모퉁이를 돌아 현관문
으로 통해 있다. 좁은 발코니가 현관에 붙어 있다. 객석을
면한 2층 끝 벽면에는 창이 두 개, 아래층에는 그보다 더 큰
창이 두 개 있다. 2층의 두 개의 창은 아버지의 침실과 형제
들 침실의 것이다. 아래층 왼쪽에 부엌이 있고— 오른쪽에
거실이 있으며, 이 거실의 차양은 늘 내려져 있다.

제 1 부

제 1 장

농가의 바깥. 1850년 초여름의 어느 날 해질녘. 바람이 없어 모든 것이 조용하다. 지붕 위 하늘은 새빨간 노을에 물들어 있으며, 두 느릅나무의 녹색이 빛나고 있지만 그 그늘 속에 묻힌 집은 대조적으로 파리하고 퇴색해 보인다.

문이 열리고 에벤 캐봇이 발코니의 끝으로 나와서 오른쪽 길 저편을 내려다본다. 한 손에 든 커다란 종을 기계적으로 흔들어대 귀를 먹먹하게 땡땡 울린다. 그리고는 허리에 두 손을 대고 뚫어지게 하늘을 바라본다. 까닭 모를 경외감에 사로잡혀 탄식하며, 감탄이 연달아 무심결에 말을 내뱉는다.

에 벤 아, 아름답다!

에벤, 시선을 떨어뜨리고 눈살을 찌푸리며 주변을 돌아다본다. 키가 크고 근골이 늠름한 25세의 젊은이다. 얼굴 생김새는 반반한 미남형이지만, 그의 표정은 어딘지 모르게 분노에 차 있고 방어적이다. 도전적인 검은 눈은 사로잡힌 야수의 눈을 상기시켜 준다. 우리 안에 갇혀 하루하루가 감금돼 있으면서도 속내는 굴복하고 있는 것 같지가 않다. 일종의 억압을 당한 거친 활기가 엿보인다. 검은 머리, 콧수염, 곱슬곱슬한 턱수염이 조금 나 있다. 변변찮은 농부의 옷을 입고 있다.

몹시도 못마땅한 듯 침을 땅위에 뱉더니, 돌아서서 집 안으로 들어간다.

시미언과 피터가 들일을 마치고 귀가한다. 그들은 키도 크고 이복동생보다 나이도 퍽 많고(시미언 39세, 피터 37세), 어깨가 떡 벌어졌으며, 보다 단순한 형의 인간이며, 살이 쪄 있고, 얼굴 생김새도 둔하고, 소박하며, 동생보다 통찰력이 있고 현실적이다. 여러 해의 농사일로 해서 어깨가 약간 굽어져 있다. 진흙범벅이 된, 밑창가죽이 두꺼운 투박한 장화를 신고 터벅터벅 걷는다. 그들의 옷도, 얼굴도, 손도, 드러내 놓은 팔과 목도 흙범벅이다. 흙냄새가 물씬 풍긴다. 잠시 집 앞에 서 있더니 두 사람이 똑같은 충동에 젖은 듯 괭이에 몸을 기대고 말없이 하늘을 뚫어지게 쳐다본다. 강직하게 굳어진 그들의 얼굴이 하늘을 쳐다보는 동안에 부드러워진다.

시미언 (마지못하여) 아름답다.

피 터 아아.

시미언 (갑자기) 18년 전이었어.

피 터 뭐가?

시미언 젠. 내 여자 말이야. 죽었어.

피 터 그랬었구나.

시미언 생각이 나―가끔. 그럴 땐 외로워져. 그녀의 머리는 말꼬리처럼 길었어―샛노란 것이 황금 같았지!

피 터 그렇다 해도―죽었잖아. (그 일은 도리가 없는 일이라고 치부하고―잠시 후) 형, 황금은 서부에 있어.

시미언 (여전히 일몰에 넋을 잃고―멍청하게) 하늘에?

피 터 글쎄―말하자면―가망이 있다는 얘기야. (흥분해가며) 황금이 하늘에―서부에―금문만이라―캘리포니아―황금이 쌓여 있는 서부의―금광이라구!

시미언 (그도 흥분해서) 재산이 땅바닥에 뒹굴어서 줍기만을 기다리고 있겠다! 솔로몬의 보물 산이라고들 하지! (한동안 두 사람은 하늘을 계속 쳐다보고 있다가―곧 시선을 떨어뜨린다.)

피 터 (냉소하듯 비꼬아) 여기는 말야―땅위에 돌만 깔려 있어―돌덩이 위에 돌이라―돌을 쌓아 돌담을 만드는 거―한 해가 오고 또 한 해가 온다 해도 말야―아비도 형도, 나도, 그리고 에벤도 돌을 쌓아 올려 아비의 돌담을 만들어 놓고, 그 속에 우리는 갇혀 있는 거지!

시미언 그래, 일을 했어. 힘껏 말이야. 세월을 다 털어서. 힘도 젊음도 흙밑에 파묻었다고—(반항하듯 흙을 밟으며)—썩어빠진 것—아비의 농작물을 위해 땅을 가꾸었지 뭔가! (사이) 헌데 말야—이 농지는 이 근처에서 농사가 잘 된다고들 해!

피 터 캘리포니아에서 밭을 갈면 밭고랑에서 황금덩어리가 나온다구!

시미언 캘리포니아는 거의 지구의 반대쪽이라니 잘 계산해 따져 봐야지—.

피 터 (사이) 게다가 진땀 흘려 이곳에서 번 걸 포기한다는 건 괴로운 일이지. (사이. 에벤이 부엌의 창문에서 머리를 내밀고 엿듣고 있다.)

시미언 그렇지. (사이) 어쩌면—아빈 곧 죽을지 몰라.

피 터 (의심스러운 듯) 어쩌면이라.

시미언 어쩌면—아마—벌써 뒈졌을지도 몰라.

피 터 증거가 있어야지—.

시미언 집에서 나간 지 두 달이 됐잖은가—통 소식도 없고.

피 터 우릴 밭에 남겨 두고서 떠난 게 오늘 같은 저녁이었어. 마차에 말을 매달고 서부로 가버렸어. 아무리 생각해도 이상하단 말야. 에벤의 어미하고 결혼하고 나서 30년인가 그 이상 마을에 나가는 것 빼고는 이 농장에서 벗어난 일은 없었으니까. (사이. 약삭빠르게) 재판소에서 아비가 미쳤다고 선고를 내려도 될 것 같은데?

시미언 모두 아비에게 꼼짝 못 하게 당하고 있다구. 누구
도 미쳤다고는 절대로 믿지 않을걸. (사이) 기다리
는 수밖에―돼질 때까지.

에 벤 (비꼬는 듯 웃으며) 아버지를 공경하라! (두 사람, 당황
해하며 몸을 돌려 에벤을 뚫어지게 바라본다. 에벤, 싱긋 웃
더니 모진 얼굴이 된다.) 나도 아버지가 죽는 게 좋다
고 빌었지. (두 사람, 동생을 노려본다. 에벤, 냉정하게 계
속한다.) 저녁 식사 다 됐어.

시미언 · 피터 (함께) 그으래.

에 벤 (하늘을 쳐다보며) 지는 해가 아름다워.

시미언 · 피터 (함께) 아, 서부에는 황금이 있다.

에 벤 그렇겠지. (손짓하며) 저쪽 언덕의 목장 말야?

시미언 · 피터 (함께) 캘리포니아라고!

에 벤 흥. (잠시 두 형을 무심하게 바라보다가 천천히 말한다.)
자―저녁밥이 식겠는걸. (부엌 쪽으로 돌아선다.)

시미언 (정신이 번쩍 들어―입맛을 다시며) 배가 고프다!

피 터 (냄새를 맡으며) 베이컨 냄새가 난다!

시미언 (허기가 져서) 베이컨이야 좋지!

피 터 (같은 어조로) 바로 베이컨이라고!

그들은 돌아서며 저녁 먹이를 찾아 서두르는 두 마리 사이
좋은 수소처럼 서로 서투르게 어깨를 스치며 몸통을 부딪쳐대

면서 저녁 식사하러 서둘러 간다. 그들이 집 오른쪽 모퉁이를
돌아 사라지며, 현관으로 들어가는 소리가 들려온다.

- 막 -

제 2 장

노을빛이 엷어진다. 황혼이 시작된다. 부엌의 내부가 보인
다. 중앙에 소나무로 만든 식탁, 무대 뒤 오른쪽 구석에 취사
용 난로, 조잡한 나무의자가 네 개, 식탁 위에 수지양초 한 개
가 있다. 뒷벽 중앙에 커다란 광고 포스터가 붙어 있으며, 돛
을 활짝 부풀리며 나아가는 배의 그림이 그려져 있고, '캘리포
니아'라고 큰 글씨로 씌어 있다. 주방용품이 못에 걸려 있다.
모든 것이 깔끔하게 정돈되어 있지만 가정이라는 것보다는 남
자들 캠프의 부엌다운 분위기다.

세 사람의 자리가 마련되어 있다. 에벤은 난로에서 삶은 감
자와 베이컨을 가져다가 식탁 위에 놓는다. 그리고는 빵 한 덩
어리와 물통 하나를 놓는다. 시미언과 피터가 어깨로 밀어대
며 들어와서는 한 마디 말도 하지 않고 의자에 털썩 앉는다.
에벤도 그들에게 낀다. 잠시 세 사람이 묵묵히 먹고 있다. 형
들 두 사람은 들짐승처럼 꾸밈없이 제멋대로 먹어대고 있지
만, 에벤은 식욕이 없는 듯 음식을 건드리며 불쾌감을 참고 형

들께 시선을 흩날린다.

시미언 (갑자기 에벤을 돌아보며) 이것 봐! 그런 말 하면 못
써, 에벤.

피 터 옳지 않아, 그건.

에 벤 뭐가?

시미언 아버지가 죽으라고 빌었다면서?

에 벤 응—형들은 그렇지 않다는 건가? (사이)

피 터 그래도 우리 아버지잖아.

에 벤 (맹렬히) 나에겐 아니야!

시미언 (매몰차게) 그야 네 엄마에 대한 험담을 하는 건데!
그래도 좋아, 응! (갑자기 빈정대는 웃음을 터뜨린다. 피
터는 히죽히죽 웃는다.)

에 벤 (새파래져서) 내 말은—난 아버지 자식이 아니란 말
이야—난 아버질 닮지도 않았어—아버지도 날 닮
지 않았고!

피 터 (냉담하게) 너도 아버지 나이가 될 때까지 기다려
보라구!

에 벤 (격렬하게) 난 엄마 아들이야—어디까지나 엄마 거
야! (사이. 형들은 냉담한 호기심으로 그를 응시한다.)

피 터 (옛일을 생각해내며) 그 여자는 심에게도, 또 나에게
도 잘해 주었어. 좋은 계모란 흔치 않거든.

시미언 누구에게나 친절했지.

에 벤 (크게 감동하여, 일어서며 어색하게 형들 한 사람 한 사람에게 절을 한다—말을 더듬으며) 형들 고마워. 난 그 분의 자식이야—그녀의 상속자라고. (혼란스러워 주저앉는다.)

피 터 (잠시 후에—공정한 재판장처럼) 남편에게도 잘했지.

에 벤 (격렬하게) 그래서 고맙다고 아비가 어미를 죽이다니!

시미언 (잠시 후에) 아무도 사람을 죽이진 않아. 항상 무슨 일이 있는 거지. 그것이 사람을 죽이는 거야.

에 벤 노예처럼 어미를 부려먹다가 죽인 거잖아?

피 터 아버지는 자기 자신도 죽어라고 일했어. 심도, 나도, 너도 죽도록 부려먹고 왔잖아—그래도 우린 아무도 죽지 않았어—아직은 말야.

시미언 뭔가가—아버지를 몰아세워—우리도 당하고!

에 벤 (복수하려는 듯) 흥—아버지는 도덕적 책임이 있어! (그리고 경멸하듯) 무언가라! 뭔가가 뭐야?

시미언 몰라.

에 벤 (비꼬며) 형들을 캘리포니아로 몰고 가려는 게 뭐지? (두 사람, 놀라며 동생을 본다.) 아암, 형들 말 다 들었다구! (그리하여 잠시 후에) 하지만 형들은 금광지역엔 절대로 못 갈걸!

피 터 (우기는 듯이) 갈지도 모른다!

에 벤 돈이 어디서 나오지?

피 터 걸어가면 돼. 굉장히 먼 거리야—캘리포니아까 진—그러나 이 농장 끝에서 끝까지 걸어다닌 발길 의 숫자를 셈해 보면 달나라라도 갈 수 있을 거다!

에 벤 대평야에서 인디언들에게 머리껍질이 벗겨질걸.

시미언 (겁주듯 유머를 써 가며) 껍질에는 껍질이라니, 이쪽 도 벗겨주면 되는 거지!

에 벤 (단정적으로) 그게 아니야. 형들은 결코 못 갈 거야. 아버지가 곧 죽는다고 생각하고 있으니 농장의 형들 몫을 차지하려고 이곳에서 기다려야 할 테 니까.

시미언 (잠시 후에) 우리에게도 권리가 있다.

피 터 3분의 2는 우리 몫이지.

에 벤 (벌떡 일어서며) 그런 권리가 어디 있어! 그 분은 형 들의 어머니가 아니야! 이건 어머니 농장이었어! 아버지가 그걸 훔친 거잖아? 어머니가 돌아가셨 어. 그러니까 이젠 내 농장이라구.

시미언 (조롱하듯) 아버지한테 그렇게 말해 봐—돌아오면 말이야! 1달러 걸겠다. 아버진 웃어버릴 거다— 평생 처음이지만. 하하! (재미없다는 듯 한차례 웃어 보인다.)

피 터 (같은 흥으로 흉내를 낸다) 하하!

시미언 (잠시 후에) 에벤, 너, 우리에게 무슨 원한이 있지? 오래 전부터 네 눈에—뭔가 내색하고 있어.

피 터 그래.

에 벤 그래, 뭔가가 있어. (갑자기 폭발한다.) 아버지가 내 어머니를 죽도록 부려먹다 묘지로 보낼 무렵 형 들은 왜 말리지 못했지—형들한테 친절하게 해준 데 대한 보답이 겨우 그거야? (긴 사이. 두 사람 놀라 서 에벤을 바라본다.)

시미언 글쎄—소나 말한테 물을 줘야 했거든.

피 터 장작도 패야 했고.

시미언 밭도 갈아야 했다.

피 터 건초도 만들어야 했어.

시미언 거름도 뿌려야 했고.

피 터 잡초도 뽑았지.

시미언 가지치기도 해야 했어.

피 터 젖소의 젖도 짜야 했다구.

에 벤 (끼어들며, 모질게) 돌담도 쌓아야 했지—돌덩이 위 에 돌덩이를 쌓고—작물의 방해가 되지 않도록 돌 덩이를 주워 쌓고 쌓아서 돌담으로 만들고, 형들 의 마음을 그 안에다 가두어 버린 거야!

시미언 (사실인 듯이) 남의 일에 참견할 시간이 전혀 없었 다.

피 터 (에벤에게) 네 엄마가 돌아가셨을 때 넌 벌써 열다 섯이었어—나이에 비해 덩치도 컸지—왜 넌 아 무 일도 안 했던 거야?

에 벤 (거칠게) 잡일이 잔뜩 있었잖아? (사이—그리고 천천
히) 내가 그 일을 생각하게 된 건 엄마가 돌아가신
다음이었어. 내가 음식을 만들고—엄마가 한 일
을 해보고—그래서 엄마가 고생을 한 걸 알게 됐
던 거야—엄마는 내 일을 도와주려 돌아오신다
구—감자를 삶아 주려—베이컨을 튀겨 주려—비
스킷을 구워 주려 돌아오신다구—아주 허리가 구
부정해 가지고도 불을 일으킨다, 재를 털어낸다,
옛날처럼 연기 때문에 눈물이 흘러 눈이 충혈되
는데도 늘 돌아오신다구. 엄마는 늘 돌아오셔서—저
녁이 되면 거기 난로 옆에 서 계신 거야—조용히
쉬고 주무실 수는 없는가 봐. 한가로움에 익숙지
않은 거라구—돌아가시고 나서도.

시미언 불평 한 마디 없던 분이셨지.

에 벤 너무나 지쳐버렸던 거야. 지치는 데 너무도 길들
어 있었던 거야. 아비란 자 때문이었어. (복수심에
찬 격정으로) 멀지 않아 내가 해낼 거야. 그때 아비
한테 말 못 했던 것을 다 말해 주겠다구! 내 속셈
을 들어내서 고래고래 고함도 지를 거구. 엄마가
무덤 속에서 편히 잠드실 수 있도록 할 작정이야!

에벤, 다시 앉아서 묵묵히 사념에 잠긴다. 형들은 무관심하
면서도 희한한 것을 보는 듯 호기심의 시선을 꽂는다.

피 터 (잠시 후에) 형, 도대체 아빈 어딜 간 것 같아?

시미언 모르겠다. 말을 깨끗이 손질하고 아주 번쩍 나게 닦아 놓은 마차를 타고 중얼중얼 지껄여대며 채찍질을 휘두르면서 나갔으니까. 잘 기억하고 있지. 내가 막 밭일을 끝내던 때였어. 때는 봄, 5월의 해질 무렵이었는데, 서쪽 하늘은 황금빛이었고, 아빈 그 노을 속으로 몰고 간 거야. "아빠, 어디 가요?" 하고 내가 소리를 지르자, 돌담 옆에 잠시 멈추어서 한잔 걸친 듯이 뱀눈 같은 눈을 저녁의 햇빛에 번득이며 노새같이 이빨을 드러내고 웃으면서 이렇게 말하더라, "내가 돌아올 때까지 달아나지 마!"

피 터 아비는 우리가 캘리포니아로 가고 싶어한 것을 알았을까?

시미언 그럴 수도 있지. 내가 아무 말 안 했더니 묘하게 야릇한 표정으로 이렇게 말했어. "온종일 암탉들이 꼬꼬댁거리고 수탉들은 화답하는 소리를 듣는단 말이다. 암소가 음매음매 울어대고, 이것저것이 다 소리쳐 발광을 하니 내가 더 이상 견딜 수가 있어야지. 봄이 되면 기분이 잡친다. 땔감이나 하면 딱 맞을 고목나무같이 생각되니 지랄이지"라고 하더라. 그 말에 내가 좀 잘됐다고 느꼈다고 보았는지 아빈 악의에 차서 재빨리 해대더라. "하

지만 내가 죽을 거라는 바보 같은 생각일랑 하지
도 마라. 난 백 살까지 살겠다고 맹세했으니까.
네놈들이 고약하게 탐욕을 부리니 앙갚음하기 위
해서라도 백 살까지 살아야겠다! 자, 옛날의 예언
자들처럼 나는 하느님이 내게 주신 봄의 메시지
를 받으러 떠난다. 넌 가서 밭이나 갈아"라고 찬
송가를 부르면서 마차를 몰고 떠났어. 난 아비가
술에 취해 있다고 생각했어—그렇지 않았으면 말
렸을 텐데.

에 벤 (경멸하듯) 천만에, 형이 말릴 수가 있나! 아비는 무
섭지. 아비는 힘이 세다구—심보가 강해—둘이
덤벼도 당해 내지 못하지!

피 터 (냉소적으로) 그럼 넌—넌 삼손이란 말이냐?

에 벤 난 점점 강해진다고. 내가 강해지고 있는 걸 스스
로 느낄 수 있어—점점 강해져서—나중에는 폭발
하는 거야—!

에벤, 일어나서 상의와 모자를 걸친다. 형들은 에벤을 지켜
보다가 점점 고소한 웃음을 짓는다. 그는 수줍은 듯 그들의 시
선을 피한다.

에 벤 잠깐 나갈게—큰길까지.

피 터 마을에 가는 거냐?

시미언 미니를 만나러 가는 거지?

에 벤 (반항하듯) 그으래!

피 터 (비웃으며) 매춘부를!

시미언 색욕—네 속에서 강해지는 건 그것이야!

에 벤 어쨌든—그 여자는 예쁘잖아!

피 터 20년 동안 예쁘긴 예뻤지!

시미언 분칠만 새로 해봐, 40세 여자도 예쁜 이로 보일 테 니까.

에 벤 사십이 아냐!

피 터 사십이 아니라면 그럭저럭 사십인 셈이겠지.

에 벤 (바득바득) 뭘 안다고 그래?

피 터 모두가 다 알아. 형이 그 여자를 알았고—그 후에 나였어—.

시미언 아비도 할 말이 있을걸! 그가 최초니까!

에 벤 설마 아비도……?

시미언 (싱긋 웃으며) 물론이지! 우린 무슨 일에나 아비의 뒤를 잇잖아!

에 벤 (격렬하게) 지독하다! 점점 더 한심해지는군! 곧 폭발할 거야! (이윽고 맹렬히) 가서 그년의 상통을 갈겨 주겠다! (뒷문을 거칠게 연다.)

시미언 (피터에게 윙크하며—느릿느릿하게) 그럴까—허나 오늘밤은 따뜻해서—좋은 밤이니—그쪽에 도착할 때쯤이면 때리기는커녕 그녀에게 키스하게 될걸!

피 터 틀림없어!

둘은 야한 웃음을 터뜨린다. 에벤, 뛰어나가며 문을 쾅하고 닫는다—이어서 바깥의 현관문을 닫고—집 모퉁이를 돌아 대문 옆에 꼼짝 않고 서서 하늘을 쳐다본다.

시미언 (에벤의 뒷모습을 보며) 아비를 빼닮았어.

피 터 빼다 박았구말구!

시미언 공생 공식하는 거지!

피 터 그으래. (사이. 동경하듯) 어쩌면 내년 지금쯤 우린 캘리포니아에 가 있을지 몰라.

시미언 암. (사이. 두 사람, 하품을 하며) 이제 자자.

시미언, 촛불을 불어서 끈다. 두 사람 뒷문으로 해서 나간다. 에벤, 반항하듯 하늘을 향해 두 팔을 뻗는다—.

에 벤 으아! 저기 별이 하나 있다. 어디엔가 아비가 있겠지, 여기엔 내가 있고, 길 저편에 미니가 있다— 이 같은 밤에. 내가 그 여자한테 키스를 한들 뭐가 어쨌다는 거야? 그녀는 오늘밤 같아. 부드럽고, 따스하고, 눈은 별처럼 반짝이고, 입도 따뜻하고, 팔도 따뜻하지. 그녀는 갈아 놓은 밭처럼 따뜻한 냄새가 난다구. 예뻐……. 암! 참으로 예뻐. 그녀

가 나하고 만나기 전에 얼마나 죄를 지었건, 누구
와 죄를 지었건 무슨 상관이 있담. 내 죄나 그 죄
나 똑같이 예쁘니까! (성큼성큼 길을 왼쪽으로 걸어 내
려간다.)

- 막 -

제 3 장

동트기 직전의 칠흑 같은 밤.

에벤이 왼쪽에서 들어와 더듬어서 발코니 쪽으로 돌아가면 서, 혼자서 매정하게 낄낄 웃으며 제법 큰소리로 욕설을 퍼붓 는다.

에 벤 빌어먹을 늙은 구두쇠!

현관문으로 들어가는 소리가 들린다. 2층으로 올라가는 사 이가 있고 곧 형들의 침실 문을 세게 두드리는 소리.

에 벤 일어나!
시미언 (놀라서) 누구?

에벤, 문을 밀고 들어선다. 한 손에 불이 켜진 촛불을 들고 있다. 형들의 침실 안이 보인다. 천정은 비스듬한 지붕. 2층

중앙의 가름 벽 가까운 곳에서만 겨우 곧바로 설 수 있다. 시미언과 피터는 무대 앞쪽의 더블베드에서 자고 있고, 에벤의 간이침대는 그 뒤쪽에 있다. 에벤은 바보처럼 싱긋한 웃음과 독기 어린 노기가 섞여 있는 표정을 짓고 있다.

에 벤 나야!

피 터 (화가 치밀어) 도대체 뭐야……?

에 벤 말해 줄 소식이 있어! 하하! (갑자기 조소하는 너털웃음을 한바탕 터뜨린다.)

시미언 (화가 나서) 일어날 때까지 기다려도 되지 않아.

에 벤 벌써 해가 뜰 땐걸. (그리고 폭발하듯) 또 장가를 갔다니까!

시미언 · 피터 (폭발하듯이) 아비가?

에 벤 35세쯤 된 여자하고 붙어버렸어—예쁘다고들 해…….

시미언 (소스라치게 놀라서) 새빨간 거짓말이야!

피 터 누구한테 들었어?

시미언 사람들이 너를 속이고 있다구!

에 벤 내가 바본 줄 알아? 마을 전체가 떠들썩한데. 뉴도버에서 온 목사, 그 사람이 소식을 가져왔어—우리 마을의 목사한테 얘기한 거니까. 뉴도버, 거기서 그 늙어빠진 얼간이가 붙어버린 거야—그곳에 사는 여자래—.

피 터 (더 이상 의심하지 않고―어리벙벙하여) 아이구……!

시미언 (똑같이) 아이구……!

에 벤 (침대에 앉으며―악의에 찬 중오심으로) 지옥의 귀신 도 깨비가 아닌가? 우리에게 앙심 부리는 거야―염 병할 늙은 아둔패기!

피 터 (잠시 후에) 이제 모든 것이 그년 것이 되겠다.

시미언 그렇구말구. (사이―멍청하게) 으음―그렇게 되면―.

피 터 우리는 끝장나는 거다. (사이―그리하여 설득력 있게) 형, 캘리포니아의 들판에 황금이 있다는 거야. 여 기 있어 봤자 헛일이지.

시미언 나도 그런 생각을 하고 있었다. (이윽고 결심이 선 듯) 빨리 갈수록 좋지! 오늘 아침에 당장 떠날까.

피 터 좋지.

에 벤 걸어가는 걸 좋아하는 것 같군.

시미언 (빈정대듯이) 네가 날개라도 달아준다면 날아갈 거 다!

에 벤 그래도 타고 가는 게 좋을걸―배를 타고 가는 것 말이야. (주머니를 뒤져 구겨진 대판양지 한 장을 꺼낸다.) 그래, 여기에 서명만 하면 배를 타고 갈 수 있다 구. 형들이 떠난다고 해서 미리 준비해 둔 거야. 형들 밭의 몫을 나에게 양도하면 한 사람 몫으로 3백 달러씩 건넨다고 써 있어. (두 사람 의아해하며 서류를 살핀다. 사이.)

시미언 (의심을 품으며) 그렇지만 아비가 또 붙어버렸다 치
면—.

피 터 어쨌든 그만한 돈이 어디 있다는 거냐?

에 벤 (능청맞게) 숨겨 논 장소를 내가 알고 있다구. 지금
까지 기다리고 있었지—엄마한테 들었어. 엄마는
말이야, 몇 년 전부터 돈이 있는 장소를 알고 있었
어. 하지만 기다렸던 거야……. 그건 엄마의 돈이
야—즉 아비가 엄마의 밭에서 나는 돈을 횡령하여
감춰 놓아 둔 거야. 그러니까 이젠 내 돈이라는 말
씀이지.

피 터 어디에 감추어 두었지?

에 벤 (교활하게) 나 아니면 절대로 못 찾는 곳에. 엄마가
아비를 감시하며 발견했어—그렇지 않았으면 엄
마는 몰랐을 거야. (사이. 두 사람, 에벤을 의심스러운
듯 뜯어본다. 에벤도 두 사람을 마주 본다.) 흥, 어째 멋진
거래 아닌가?

시미언 글쎄.

피 터 글쎄.

시미언 (창을 바라보며) 동이 트고 있다.

피 터 불을 피우는 게 좋겠다, 에벤.

시미언 식사 준비를 하라구.

에 벤 하지. (일부러 익살맞게 용기를 내어) 맛있는 걸 만들어
주겠어. 캘리포니아까지 걸어가려면 배불리 먹어

두어야지. (문간 쪽으로 가면서 의미심장하게) 하지만 거래만 하면 배를 타고 갈 수도 있다구. (문앞에서 멈추어 선다. 사이. 두 사람, 에벤을 뚫어지게 바라본다.)

시미언 (수상쩍은 듯) 밤새도록 어디 있었지?

에 벤 (도전적으로) 미니한테. (이윽고 천천히) 가서 처음에는 키스를 해주고 싶은 생각이었는데, 형들이 아비하고 그 여자의 얘기를 한 게 생각이 나 콧방귀에 한방 먹여주려고 생각했다구! 그런데 마을에 도착해 보니 그 소문이잖아. 화가 치밀어 정신없이 미니한테 달려가 보았지만 어찌해야 할지 알 수가 없었다구. (사이. 수줍은 듯 그러나 더욱 도전적으로) 으음—그녀를 만났을 때는 때려주지도 못했어—키스도 안 했었고—송아지처럼 소리를 지르고 고래고래 욕설을 퍼부어댔지. 난 아주 미쳤었나봐—그러자 그 여잔 겁을 먹었어—그리고 나는 그녀를 붙잡아 해치웠다구! (뽐내며) 해치웠대두! 그 여자가 아비의 여자였는지—그리고 형들의 여자였는지도 모르지만—이젠 내 것이라구!

시미언 (냉담하게) 반한 거냐?

에 벤 (거만하게 조소하며) 반해? 난 그런 달콤한 것엔 흥미가 없다구!

피 터 (시미언에게 윙크하며) 아마 에벤도 장가가려는 거겠지.

시미언 미니라면 확실해. 좋은 짝이 될 거다—그 많은 남
　　　　자들을 상대로 해도! (두 사람 킬킬 웃는다.)

에 벤 그런 여자야 난 상관 안 해—다만 포동포동하고
　　　　따뜻하면 그만이지. 중요한 건 그 여자가 옛날엔
　　　　아비의 여자였다는 거야—지금은 내 것이지! (문
　　　　간으로 가서—돌아선다—반항조로) 게다가 미니는 그렇
　　　　게 나쁜 여자가 아냐. 세상에는 미니보다 나쁜 여
　　　　자가 얼마든지 있다니까! 이번에 영감내기가 붙
　　　　어버린 암소를 두고 보자구! 내 생각에 그 여잔 미
　　　　니보다 훨씬 나쁠 거라구! (나가려 한다.)

시미언 (급히) 그것도 네 것으로 만들려는가?

피 터 하하! (그 생각이 멋지다고 냉소적인 웃음을 흘날린다.)

에 벤 (혐오감이 솟구치는 듯 침을 뱉으며) 그 여자—여기 와
　　　　서—아비하고 자면서—엄마의 농장을 훔치려는
　　　　거야! 차라리 스컹크를 쓰다듬고 뱀에게 키스하
　　　　는 게 낫지!

　　에벤 나간다. 형들, 의심스러운 듯 그의 뒷모습을 바라본다.
　　사이. 두 사람, 멀어져가는 에벤의 발소리를 듣게 된다.

피 터 불을 지피기 시작했군.

시미언 캘리포니아에 배를 타고 가고 싶다—마는—.

피 터 미니가 그에게 무언가 책동을 했는지도 몰라.

시미언 어쩌면 아비가 결혼했다는 건 도무지 쉰소리일 거다. 신부를 볼 때까지 기다려 보는 거지.

피 터 그때까지 서명은 안 한다—.

시미언 돈도 진짜인지 확인해야 하고! (싱긋 웃음을 띠며) 하지만 아비가 새장가를 갔다면 어찌됐든 우리 몫이 되긴 글렀으니 에벤한테 팔아먹어야지!

피 터 기다려 보자구. (이윽고 불현듯 복수심에 찬 분노에 이글 거려) 아비가 돌아올 때까지 우리 둘은 일하지 말 고 에벤이나 일하고 싶으면 하라고 놔두고, 우린 잠이나 자고 잘 먹고 술이나 퍼마셔. 밭일 따위야 엿이나 먹으라고 놔둬!

시미언 (흥분해서) 이제야 겨우 잘 쉬게 됐다! 기분 전환이 다, 부자 기분 내자구. 아침 식사가 준비될 때까 지 이불 속에서 꼼짝 않고 있는 거다.

피 터 상을 다 차려놓을 때까지!

시미언 (사이. 생각에 잠겨) 어떤 여자라고 생각하니—이번 새어머니라는 거 말이야? 에벤이 생각하는 그런 여자일까?

피 터 아마 그럴 거야.

시미언 (복수심에 타올라) 으음—악마 같은 여자라면 좋겠 다. 아비야 차라리 뒈져버리고 지옥에 빠지는 것 이 훨씬 편하다고 생각하게 되면야!

피 터 (열을 올리며) 아멘!

시미언　(아버지의 음성을 흉내 내서) "옛날의 예언자들처럼 나는 하느님이 내게 주신 봄의 메시지를 받으러 떠난다." 이렇게 말했어. 분명히 똥갈보한테 가기로 진작 작심을 해놓고 말이다, 늙어빠진 똥돼지!

- 막 -

제 4 장

제2장과 같음—부엌의 내부가 보인다. 식탁 위에 촛불이 켜져 있다. 밖은 어스레한 새벽.

시미언과 피터 이제 아침 식사를 끝내려 한다. 에벤, 손도 대지 않은 접시 앞에 앉아 얼굴을 찌푸린 채로 사념에 잠겨 있다.

피 터 (약간 민감하게 에벤의 얼굴을 흘긋 보며) 인상을 쓴다고 잘될 일도 없다구.

시미언 (빈정대며) 재밀 보았으니 나른한 거지!

피 터 (히죽히죽 웃으며) 그 여자와 처음이지?

에 벤 (화가 치밀어) 웬 상관이야. (사이) 아비 일을 생각하고 있었어. 벌써 이 부근에 와 있다는 감이 잡혀— 말라리아에 걸리기 전에 한기를 느끼듯이 오고 있다는 걸 미리 알 수 있어.

피 터 아직은 일러.

시미언 알 수 없지. 우리가 늦잠 자는 걸 덮치려는 건지—등을 쳐 마구 부려먹으려는 건지.

피 터 (기계적으로 일어선다. 시미언도 따라 일어선다.) 야—갈까.

두 사람, 기계적으로 문을 향해 발을 옮기다 금세 깨닫는다. 갑자기 멈춰 선다.

시미언 (히죽히죽 웃으며) 이 바보, 피터—나는 더 큰 바보다! 우리가 일하지 않는다는 걸 아비한테 보여주자! 아무려면 어떠냐!

피 터 (두 사람, 식탁으로 돌아가며) 상관이야 없지! 이제 끝장났다는 걸 보여주어야 해. (그들, 다시 앉는다. 에벤, 놀라서 번갈아 한 사람씩 쳐다본다.)

시미언 (에벤을 보고 흘끗 웃으며) 우리는 들의 백합꽃이 되는 거다.

피 터 전혀 일을 안 하고, 뱅뱅 돌리는 일도 움직이는 것도 안 한다구!

시미언 네가 유일한 주인이야—아비가 올 때까진—네 소원이 그것 아니냐. 자, 그 대신 넌 혼자 일하는 거다.

피 터 암소가 울고 있다. 네가 어서 가서 젖을 짜주고 오라구.

에 벤 (기뻐서 흥분하여) 서류에 서명한단 말이지?

시미언 (냉담하게) 그럴지도 모른다.

피 터 그렇단다.

시미언 생각중이다. (단호하게) 가서 일이나 하는 게 좋다.

에 벤 (망측하게 흥분하며) 다시 옛날처럼 엄마의 농장이
되는 거다! 바로 내 농장이야! 저들 젖소도 내 거
구! 빌어먹을, 이 손가락이 부러지도록 내 젖소를
짜 주어야지!

　　에벤, 뒷문으로 나간다. 두 사람, 냉담하게 그의 뒷모습을
처다본다.

시미언 아비를 닮았어.

피 터 빼놓은 거지!

시미언 흥―동족상잔同族相殘이라는 거지!

　　에벤, 현관문으로 나와서 집 모퉁이를 돌아간다. 하늘은 해
가 돋아 빨개지기 시작한다. 에벤, 대문 옆에 서서 주변 전체
를 힘찬 소유욕에 찬 눈빛으로 챙겨본다. 욕망에 불타는 눈길
로 농장 전체를 포옹하는 듯 바라본다.

에 벤 아름답다! 정말이지 아름답다! 내 것이란 말이다!

에벤, 갑자기 머리를 대담하게 뒤로 젖히고 엄격하고 도전적인 눈으로 하늘을 노려본다.

에 벤 내 것이다. 듣고 있느냐? 나의 것아!

에벤, 돌아서 왼쪽 안 외양간 쪽으로 바쁘게 사라진다. 두 형들, 파이프에 불을 붙인다.

시미언 (흙투성이 장화를 신은 두 발을 식탁 위에 얹고, 의자를 뒤로 젖힌 채 도전적으로 파이프의 연기를 뿜어낸다.) 아아—정말이지 기분 좋다마다—평생 처음이다.

피 터 아아.

피터도 형의 흉내를 낸다. 두 사람 모두 무의식적으로 탄식한다.

시미언 (갑자기) 그 자식, 젖 짜는 솜씨가 신통치 못할 텐데, 에벤 녀석 말이야.

피 터 (콧방귀를 뀌며) 저 녀석 손은 말발굽 같다니까!
(사이.)

시미언 거기 술병 이리 줘! 한잔 하자구. 기운이 빠진 것 같다.

피 터 그것 좋지! (술병을 집어—컵 두 개를 꺼내서—둘은 위스키를 따른다.) 위하여, 캘리포니아의 황금!

시미언 노다지가 있어라!

두 사람, 마신다―단호하게 파이프의 연기를 내뿜는다―한
숨 쉰다―식탁에서 발을 내려놓는다.

피 터 술맛이 구미에 안 맞는군.

시미언 아침 일찍부터 마셔본 일이 없어서 그래. (사이. 안
절부절 불안하다.)

피 터 이놈의 부엌은 숨이 막혀.

시미언 (안도의 숨을 크게 쉬며) 바깥바람을 쐬러 나가자.

두 사람, 힘차게 일어서며, 안쪽 문에서 나간다―집 모퉁이
를 돌아서 문 옆에 선다. 넋을 잃고 무아지경으로 하늘을 응시
한다.

피 터 아름답다!

시미언 그으래. 지금 동쪽 태양에 황금이 있고.

피 터 해님이 우리와 함께 황금의 서부로 행차하신다.

시미언 (농장을 둘러본다. 입술을 깨물며, 감정을 억제하며) 으
음―아마도 이것이 이 집에서 마지막 아침이겠
지.

피 터 (같은 말투로) 암.

시미언 (발을 땅에 구르며, 절망하여 대지에 말을 건다.) 그래—너 한테 30년이나 묻혀 있었다—네 위에 널렸었지— 피도, 뼈도, 땀도—썩고 썩어서—너에게 비료가 됐어—네 혼을 윤택하게 하였다—참으로 나는 너 에게 최고의 거름이었단 말이다.

피 터 그으래! 나도 그랬어!

시미언 물론 너도 그랬지, 피터. (한숨을 쉬고—침을 뱉는다.) 흥—이젠 엎지른 물이 돼버렸구나.

피 터 서부에는 황금이 있어—거기다가 자유도 있을 거 고. 우리들은 이곳 돌담의 노예였다구.

시미언 (도전적으로) 우리는 이제부터 누구의 노예도 아니 야—어떤 것의 노예도 아니란 말이다. (사이—불안 하여) 우유 말인데, 에벤 녀석 잘 짜고 있을까?

피 터 잘하고 있을 거야.

시미언 거들어 줄까—이번 한 번만.

피 터 그러지. 암소들이 우리를 따르니까.

시미언 그래, 우리를 좋아하지. 소들은 에벤을 잘 따르지 않아.

피 터 말이나 돼지나 닭 다 그래. 놈들은 에벤을 잘 안 따른다구.

시미언 형제들처럼 우릴 잘 알지—우릴 좋아하구! (자랑스 럽게) 사실 우리가 일류로 키웠잖은가, 품평회의 일등상 감으로 말이지?

피 터 이젠 아니야—다 끝났어.

시미언 (멍하니) 깜빡했다. (그리하여 체념한 듯) 자, 가서 에
     벤을 도와주고 정신 좀 차리자.

피 터 좋았어.

     두 사람, 왼쪽 안 외양간 쪽으로 가기 시작한다. 그때 에벤
  이 그곳에서 부산하게 나온다. 흥분한 표정이다.

에 벤 (헐떡거리며) 저것 봐—왔다구! 늙은 노새하고 신부
     가! 외양간에서 보고 있었는데, 모퉁이를 돌아오
     는 것이 보였어.

피 터 그렇게 멀리서 어떻게 알아?

에 벤 아빈 근시지만, 난 원시잖아. 내가 말과 마차를 모
     를까 봐? 게다가 거기에 두 사람이 타고 오잖아.
     그게 누구겠어……? 그들이 오는 걸 기분으로도
     느낄 수 있다고 말했잖아! (근질근질하듯 몸을 비튼
     다.)

피 터 (화가 나기 시작한다) 좋아—말도 제 손으로 풀라지!

시미언 (그도 화를 내며) 빨리 들어가서 짐을 꾸리자고. 아
     비가 도착하면 바로 떠나자. 늙은 게 돌아온 다음
     엔 다신 이 집 안에 발을 들여 놓지 않는 거다.

  둘은 집 모퉁이를 돌아 들어간다. 에벤, 그들을 따라간다,

에 벤 (염려하듯이) 떠나기 전에 서명할 거지?

피 터 늙은 구두쇠의 돈 색깔부터 보자. 그 다음에 서명 해 주겠다.

세 사람, 안쪽으로 사라진다. 형들은 짐을 가지러 2층으로 올라간다. 에벤, 부엌에 나타나서 창 쪽으로 달려가 밖을 자세히 보더니 돌아와 난로 밑의 마룻장 한 장을 들어올린다. 그리고 범포자루를 꺼내 식탁 위에 놓고 들어낸 마룻장을 제자리에 놓는다. 바로 그 후에 형들이 나타난다. 그들은 고풍스런 여행가방을 들었다.

에 벤 (경계하듯 돈자루에 손을 얹고) 서명했어?

시미언 (손에 든 서류를 보이며) 암, 했지. (탐욕스레) 그게 돈 이냐?

에 벤 (자루를 열고 20달러짜리 금화더미를 쏟아낸다) 20달러짜 리야—30개 있어. 세어 봐.

피터, 금화를 다섯 개씩 한 무더기로 놓는다. 감정하기 위해 한두 개 깨물어 본다.

피 터 600달러야. (돈을 자루에 넣어서 조심스럽게 셔츠 속에 감춘다.)

시미언 (에벤에게 서류를 건네주면서) 여기 있다.

에 벤 (얼핏 보고 조심스럽게 접어서 셔츠 속에 감춘다―기쁜 듯
     이) 고마워, 형들.
피 터 덕택에 배를 타고 간다.
시미언 크리스마스 때 한 아름 금덩어리를 보내 주지.

　　　사이. 에벤은 두 형을, 형들은 에벤을 골똘히 살핀다.

피 터 (어색하게) 그럼―우린 갈까.
시미언 밖에까지 나올래?
에 벤 아냐. 난 여기서 잠시 기다릴 거야.

　　　다시 침묵. 형들, 어색하게 뒷문 쪽으로 간다―그리고는 돌
아선다.

시미언 그럼―잘 있어.
피 터 잘 있어.
에 벤 잘 가.

　　　두 사람, 집 밖으로 나간다. 에벤, 식탁을 마주 보고 앉아 서
류를 꺼낸다. 그리고 서류를 들여다보다가 난로에 눈을 돌린
다. 그의 얼굴은 창의 햇살에 비쳐서 황홀한 표정이다. 입술이
움직인다. 두 형들 대문께로 나온다.

피 터 (외양간 쪽을 바라보며) 저기 있다―말을 풀어주고 있어.

시미언 (킬킬 웃으며) 화를 엄청 낼걸.

피 터 여자도 있어.

시미언 기다렸다가 새어머니 몰골이나 보자.

피 터 (히죽 웃으며) 아비에게 작별인사 겸 욕도 해주어야지!

시미언 (역시 히죽 웃으며) 무언가 장난기가 돈다. 머리도 발도 둥둥 뜬다.

피 터 나도 그래. 허리가 끊어지도록 웃고 싶다구.

시미언 술 탓인가?

피 터 아냐. 마구 걷고 싶어 발이 근질근질해―무어든지 껑충 뛰어넘고―그리고…….

시미언 춤추겠다는 건가? (사이)

피 터 (당황하여) 뭔가 이상하다.

시미언 (그 이유를 알겠다는 표정으로) 학교가 끝났다고 생각하니까 그래. 방학이야. 처음으로 자유의 몸이 됐단 말이야!

피 터 (현혹되어) 자유?

시미언 목 맨 줄이 끊어진 거야―복대가 끊어진 거야― 울타리 막대가 내려앉았어―돌담은 산산이 무너져서 거덜이 난 거야! 이제 우리는 뛰어올라 큰길로 달려가는 거라구!

피 터 (숨을 깊이 들이마시고—웅변조로) 누구든 이 썩은내가 나는 돌투성이 고물농장을 원하시는 분이 있으시다면 부디 차지하십쇼. 이제 우리 것이 아닙니다, 아니구말구요!

시미언 (대문에서 돌쩌귀를 빼서 문짝을 팔 밑에 끼며) 이로써 염병할 문이라는 문은 닫힌 문, 열린 문, 모두 폐업하나이다!

피 터 부적 삼아 그것을 갖다가 강물에 띄워 유수 삼천 리다.

시미언 (왼편 안쪽에서 사람의 소리가 들려온다.) 그들이 온다!

두 형제의 표정은 뻣뻣해지고, 험상스런 표정의 두 동상처럼 굳어진다. 이프레임 캐봇과 애비 퍼트남이 들어온다. 캐봇은 75세, 키가 크며 몹시 여위어 있으나, 강단이 있고 막강한 큰 힘을 지닌 것처럼 느끼게 하며 노동을 많이 한 탓에 어깨가 굽어 있다. 얼굴은 둥근 돌로 만든 것처럼 딱딱하지만 어딘지 약한 면이 있고 힘이 좀 있어 보이는데 편협한 점이 있다. 눈은 작고 눈 사이가 좁으며, 지독한 근시여서 물체에 초점을 맞추려고 끊임없이 눈을 깜빡거린다. 그 눈길에는 팽팽하게 파고드는 성품이 엿보인다. 그는 음산한 검정색 외출복을 입고 있다. 애비는 35세, 통통하고 활기가 넘친다. 둥근 얼굴은 예쁘지만, 좀 거칠고 육감적인 것이 흠이다. 그녀의 턱에는 힘과 고집이, 눈에는 강한 결단력이 보인다. 전체적으로 풍기는 개

성에는 에벤에게서 뚜렷이 느껴지는 것과 같이 불안정하고 억제할 수 없는 저돌적인 데가 있다.

캐 봇 (애비와 함께 등장하면서, 냉담하고 쉰 음성으로 묘하게 억눌린 감정을 품고) 이제 집에 왔어, 애비.

애 비 (집이라는 말에 열정이 생겨) 아, 집이다! (기쁜 듯이 집을 바라보며, 문앞에서 굳어져 있는 두 사람의 모습을 알아채지 못한다) 예뻐—예쁘네! 이게 진정 내 집이라니 믿어지지가 않네.

캐 봇 (예리하게) 자기 거라구? 내 집이야!

캐봇, 뚫어지게 여자를 응시한다, 여자도 맞바라본다. 캐봇이 누그러지면서 덧붙인다.

캐 봇 우리들의—집이겠지! 너무 오랫동안 집 안이 쓸쓸했다. 봄이 되니까 더 늙어지나 봐. 여하튼 집 안엔 여자가 있어야 해.

애 비 (이 자리를 지배하는 듯) 여자에겐 집이 있어야지!

캐 봇 (이해도 못 하면서, 끄덕여) 그렇지. (그리고는 짜증스럽게) 애들은 어디 갔나? 아무도 없느냐? 일하고 있는 건가? 아닌가?

애 비 (두 형들을 본다. 그녀는 그들의 냉담하고 값매기 하려는 경멸에 찬 시선을 흥미 있게 받아 넘기며—천천히) 문앞에

빈둥거리고 있는 사내가 둘 있어요. 꼭 길 잃은 두 마리 돼지처럼 날 쳐다보고 있지 않겠어요.

캐 봇 (챙겨보는 눈으로) 내게도 보여—허나 누군지 모르겠군······.

시미언 시미언이에요.

피 터 피터구.

캐 봇 (폭발한다) 왜 일 안 하는 거야?

시미언 (차갑게) 아버지를 환영하려고 기다리고 있었어요—아버지하고 신부를요!

캐 봇 (얼떨떨해서) 그래? 음—너희들 새어머니다. (그녀는 그들을, 그리고 그들은 그녀를 응시한다.)

시미언 (고개를 돌리고 멸시하듯 침을 뱉으며) 예예, 압니다요!

피 터 (그도 침을 뱉으며) 그렇겠죠!

애 비 (정복자의 우월을 의식하며) 내 집에 들어가 봐야지. (천천히 발코니 쪽으로 돌아간다.)

시미언 (콧방귀를 뀌며) 자기 집이라니!

피 터 (여자의 뒤에 대고 부른다) 에벤이 안에 있다구. 자기 집이라고 하지 않는 것이 좋을걸.

애 비 (큰소리로 그 이름을 말하며) 에벤. (그리고는 조용히) 에벤한테도 그렇게 말해야지.

캐 봇 (멸시어린 조소조로) 에벤 녀석한테 신경쓸 것 없어. 그놈은 맹물단지야—제 어밀 닮아서—허전하고 숙맥이야!

시미언 (빈정대는 웃음을 터뜨리며) 하하! 에벤은 아버지 닮은꼴이야—빼다 박았다니까—호두나무처럼 딱딱하고 지독하니까! 한번 붙어 보는 거지. 그놈이 아빌 삼킬걸, 영감나리!

캐 봇 (명령조로) 가서 일이나 해!

시미언 (애비가 집 안으로 사라지자—피터에게 눈짓을 하며, 조롱이라도 하는 듯이) 그래, 저기 저 여자가 우리 새어머니란 말이야? 도대체 어디서 저런 여자를 캐냈을까? (두 사람 웃는다.)

피 터 하하! 다른 암퇘지들하고 같이 돼지우리에나 처넣으면 좋지. (두 사람, 파안대소한다.)

캐 봇 (그들의 뻔뻔한 소리에 놀란 나머지 어리둥절하여 말을 더듬는다.) 시미언! 피터! 너희들 어떻게 된 거냐? 취했느냐?

시미언 우린 자유예요, 영감나리—당신이나 이 빌어먹을 농장으로부터 자유를 얻었단 말입니다! (그들, 신이 나서 흥분한다.)

피 터 우리는 캘리포니아로 황금의 땅을 찾아 가는 거요!

시미언 여기는 영감의 것이니 불이라도 붙이시구려!

피 터 파묻어버려도 좋고요—어찌되든 상관 없다니까!

시미언 우린 자유요, 영감나리! (깡충깡충 뛴다.)

피 터 자유다! (뛰어오르며 하늘을 찬다.)

시미언 (미친 듯이) 으앗아!

피 터 으앗아! (시미언과 피터가 부친의 주변을 기묘한 인디언의 전쟁 춤을 추며 돈다. 캐봇은 그들이 미친 게 아닌가 하는 분노와 공포로 돌처럼 굳어 있다.)

시미언 우린 인디언처럼 자유다! 아버지의 머리 껍질을 벗기지 않았으니 천만다행이지 뭐야!

피 터 외양간을 태우고 소를 죽이지도 않았으니!

시미언 새로운 여자를 강간하지도 않았고! 으앗아!

두 사람, 춤을 추는 것을 멈추고, 허리를 움켜쥐고 온몸을 흔들어대며 웃는다.

캐 봇 (가장자리로 두 사람을 피하며) 황금에 환장했군—벌받을 거다, 캘리포니아의 황금이 그저 생기느냐! 그러니 네놈들 미쳤구나!

시미언 (조롱하듯이) 죄악 덩어리 황금을 보내 주었으면 좋겠지, 죄악 덩어리 영감!

피 터 캘리포니아 말고도 황금이 있다구! (부친의 눈에 띄지 않는 곳까지 물러나서, 돈주머니를 꺼내 머리 위로 흔들어대며 웃는다.)

시미언 이것도 벌받는 것이지!

피 터 우리들은 배를 타고 간다! 으앗아! (깡충깡충 뛴다.)

시미언 자유롭게 사는 거다! 으앗아! (그도 깡충깡충 뛴다.)

캐　봇　(갑자기 분노로 고함을 지른다) 죽일 놈들!

시미언　그건 우리가 아니고 영감 차례지! 으앗아!

캐　봇　네놈들을 정신병원에 처넣어 옭아매야겠다!

피　터　구두쇠 영감, 안녕!

시미언　흡혈귀 영감, 안녕!

캐　봇　어서 꺼져, 그렇지 않으면……!

피　터　으앗아! (길에서 돌 한 개를 줍는다. 시미언도 줍는다.)

시미언　어머니란 게 거실에 있을 거야.

피　터　그럴 거야! 하나, 둘!

캐　봇　(놀라서) 이놈들, 무슨 짓들을……?

피　터　셋!

　　두 사람, 돌을 던진다. 돌은 거실 창에 맞아 차양을 찢으며 유리를 박살낸다.

시미언　와아!

피　터　와아!

캐　봇　(격분하여 그들에게로 달려간다.) 잡히기만 해봐—네놈들 작살을 내줄 테다!

　　그러나 두 사람, 껑충껑충 뛰며 멀리 도망간다. 시미언은 아직도 문짝을 겨드랑이에 끼고 있다. 캐봇, 기력도 없는 분노로 숨을 헐떡거리며 되돌아온다. 떠나가면서 〈오 수잔나!〉의 곡에 맞춰 금광 찾기의 노래를 부르는 두 사람의 노랫소리가 들려온다.

> 라이자 호란 배에 뛰어올라
> 바다로 나가는 여로
> 고향 생각날 때마다
> 오지 말았어야 했다!
> 오, 캘리포니아
> 내가 살 고장!
> 캘리포니아로 간다!
> 무릎에 양동이를 얹고.

이러는 동안에 2층의 오른쪽 침실의 창이 열리고, 애비가 얼굴을 내민다. 애비는 캐봇을 내려다보며—안도의 한숨을 쉰다.

애 비 됐다—저들 두 사람 없어졌군요? (캐봇, 응답하지 않는다. 애비, 소유욕이 강한 어조로) 이 침실이 아주 좋아요, 이프레임. 침대도 정말이지 근사하고. 이게 내 방이죠, 이프레임?

캐 봇 (냉혹하게—쳐다보지도 않은 채로) 우리들의 방이야!

애비, 찡그린 혐오의 표정을 억제하지 못하고, 천천히 얼굴을 들이밀고 창을 닫는다. 캐봇, 갑자기 무서운 생각이 엄습한 것 같다.

캐 봇 저것들이 무슨 일을 한 것 같다! 어쩌면—아마 가
축들에게 독약을 먹였을지도—아니면!

　캐봇, 외양간 쪽으로 뛰다시피 서둘러 나간다. 잠시 후 부엌
문이 천천히 열리면서 애비가 들어선다. 그녀는 한동안 에벤
을 보고 서 있다. 처음에 에벤은 그녀를 못 본다. 그녀는 상대
의 힘을 계산하는 듯 에벤을 골똘히 바라본다. 허나 그 밑바닥
에는 그녀의 정욕이 그의 젊음과 미모에 의해 어렴풋이 타오
른다. 에벤이 갑자기 그녀의 존재를 깨닫고 시선을 보낸다. 둘
의 시선이 마주친다. 그는 벌떡 일어나더니 말없이 그녀를 노
려본다.

애 비 (그녀는 될 수 있는 한의 유혹적인 어조로 말하며—이 장場
을 똑같이 이런 어조를 쓴다.) 넌—에벤이지? 난 애비
야. (웃는다.) 그러니까 너의 새어머니야.

에 벤 (악의를 품고) 흥, 육시랄!

애 비 (이 말을 듣지 못했던 것처럼—야릇하게 웃으며) 네 얘기
아버지한테 다 들었어…….

에 벤 헤!

애 비 아버지한테 마음 쓸 거 없어. 늙은이잖아. (오랜 사
이. 두 사람, 서로 응시한다.) 난 말이지, 네게 어머니

노릇하려는 건 아냐, 에벤. (감탄하는 듯) 넌 이렇게 크고 강하잖아. 난 너의 친구가 되고 싶어. 나하고 친구가 되면 꼭 여기 사는 걸 좋아하게 될걸. 아버지하고도 편안하게 지내도록 해줄 수 있어. (자기의 힘을 의식하여 멸시하는 것처럼) 그 사람은 내 말이면 뭐든지 다 들어주니까.

에 벤 (쓸쓸해서 경멸을 보내며) 헤! (두 사람, 다시 응시한다. 에벤은 육체적으로 그녀에게 끌려 은연중에 마음이 동하지만—애써 허세를 부리며) 꺼져버리지!

애 비 (침착하게) 욕해서 기분이 좋아지면 얼마든지 하라구. 처음에는—나를 좋아하지 않을 거라고, 각오하고 있으니까. 그렇다고 비난할 생각도 없어. 나라도 낯선 사람이 내 어머니 자리를 차지한다면 똑같았을 거니까. (에벤, 몸서리를 친다. 애비, 주의 깊게 그를 지켜본다.) 에벤은 어머니를 무척 좋아했던 모양이지, 안 그래? 내 어머니는 내가 어렸을 적에 돌아가셨어, 에벤. 하나도 생각나는 게 없어. (사이) 그렇지만 에벤, 넌 언제까지나 날 미워하지는 않을 거야. 난 그렇게 나쁜 여자가 아니거든—게다가 너와 나는 닮은 데가 많아. 너를 보면 알 수 있어. 으응—사실 나도 고생 많이 했어—산더미 같은 고생바가지에 돌아오는 건 일뿐이었다구. 일찍부터 고아가 되어서 남의 집에서 남을 위한 일

을 해야 했지. 그러다 결혼을 해보니 남편은 주정
뱅이. 그래서 또 그 사람도 나도 다시 남의 집 일
을 했지. 결국 아기도 죽고, 남편도 앓다 죽고 보
니 차라리 홀가분해져 좋았어. 홀가분했댔자 결
국 다시 남의 집에서 남의 일이나 하는 거지 별 수
는 없었어. 내 집에서 내 일을 한다는 것은 거의
포기했는데 그때 아버지가 온 거야…….

캐봇, 외양간에서 돌아온다. 문에 와서 아들 두 형제가 사라
져 간 길 저쪽을 바라본다. 멀어져 가는 두 사람의 소리가 희
미하게 들려온다. "오 캘리포니아! 내가 살 고장." 캐봇, 주먹
을 불끈 쥐고 분노하여 일그러진 용모로 노려보며 서 있다.

에 벤 　(여자에게 매력을 느껴 동정하려는 마음에 저항하며―거칠
　　　게) 그래서 당신을 샀다는 건가―매춘부를!

애비, 얼얼하여 노여워 얼굴이 붉어진다. 사실 그녀는 고생
담을 이야기하는 데 심취해 있었던 것이다. 에벤, 격렬하게 덧
붙인다.

에 벤 　그리고 그가 당신한테 지불했던 대금이―이 농장
　　　은―내 어머니의 것이었어, 염병할!―그리고 지
　　　금은 내 것이야!

애 비 (자신에 넘치는 냉소를 보이며) 네 거라고? 그래, 두고
보면 알겠지! (강하게) 하지만—나도 집이 필요하
다면? 그렇지 않으면 왜 늙어빠진 영감과 결혼했
겠어?

에 벤 (심술궂게) 아버지한테 그 말을 전할까!

애 비 (미소를 흘날리며) 그럼 네가 어떤 생각이 있어 거짓
말을 한다고 일러주지—그러면 아버지는 너를 쫓
아낼걸!

에 벤 이런 악마!

애 비 (도전하듯이) 이건 내 농장이야—이건 내 집이고—
이건 내 부엌이고!

에 벤 (광폭하게, 여자를 때릴 듯이) 닥쳐, 빌어먹을!

애 비 (그에게로 걸어가서—얼굴과 신체에 묘하고 야한 욕정을 들
어내며—천천히) 2층엔—내 침실이 있고—내 침대가
있어! (그는 몹시 당황하고 산란해져 여자의 눈을 응시한
다. 그녀, 부드럽게 덧붙인다.) 나는 나쁜 여자도 비천
한 여자도 아냐—그렇지만 적이 되면 달라—내 것
이 될 몫을, 그것을 차지하기 위해서는 필사적으
로 싸운다구. (그녀, 한 손을 에벤의 팔에 얹고—유혹하듯
이) 그래, 우리 친구가 되자, 에벤.

에 벤 (멍청하게—마치 최면에 걸린 듯이) 으응, 좋지. (그리고
는 사납게 여자의 팔을 뿌리치며) 싫어, 더러운 늙은 마
녀! 난 네가 싫단 말이다! (문밖으로 뛰쳐나간다.)

애 비 (그의 뒤를 바라보며 만족하듯이 미소를 짓는다—이윽고—
　　　자랑스럽게) 이제 내 그릇을 닦아야지.

　　에벤, 현관문을 닫고 집 밖으로 나온다. 모퉁이를 돌다가 아
　버지를 보고 발을 멈춘다. 그리고 증오의 시선을 보내며 서 있
　다.

캐 봇 (분노를 더 이상 가라앉히지 못하고 두 팔을 하늘로 치켜들
　　　고) 만군의 신이신 주여! 죄 많은 자식들에게 모진
　　　저주로 벌하시옵소서!

에 벤 (난폭하게 끼어들며) 또 하느님 타령이군! 늘 사람들
　　　욕이나 하고—시끄럽게 들볶고!

캐 봇 (에벤을 개의치 않고 소환장을 걸듯이) 하느님! 늙은 자
　　　의, 외로운 자의 하느님!

에 벤 (조소하듯이) 하느님의 양을 들볶다가 죄 되게 하는
　　　군! 당신의 하느님도 지옥행이겠다! (캐봇, 돌아선
　　　다. 두 사람, 서로를 노려본다.)

캐 봇 (분노하여) 그래, 너로구나. 네가 있는 줄 몰랐다. (
　　　위협적으로 손가락질하며) 신을 모독하는 얼간이구
　　　나! (그리고 재빨리) 왜 일을 안 하는 거냐?

에 벤 아버지는 왜 일을 안 해? 형들도 가고 없는데 혼
　　　자서 어떻게 해?

캐 봇 (경멸하듯이) 천부당하다! 난 늙었지만 너희들 열

사람 몫은 일할 수 있다! 네놈은 반사람 몫도 못
해! (그리고는 실제적으로) 자—외양간으로 가자.

두 사람, 나간다. "캘리포니아!"의 희미한 노랫소리가 멀리
서부터 들려온다. 애비, 접시를 닦고 있다.

- 막 -

제 2 부

제 1 장

제1부와 같은 농가의 밖―2개월 후의 더운 일요일 오후.

애비가 가장 좋은 옷을 입고 발코니 끝 흔들의자에 앉아 있다. 그녀는 더위 때문에 힘이 빠져 따분하게 눈을 반쯤 감고 앞을 바라보며 나른하게 의자를 흔들고 있다.

에벤이 그의 침실 창 밖으로 얼굴을 내민다. 살짝 주변을 살피며 발코니에 누가 있는지 없는지 보려고―혹은 들으려고 한다. 소리를 내지 않으려고 조심하나, 애비는 이미 그의 동작을 눈치채고 있다. 그녀는 의자를 흔드는 것을 멈추고, 얼굴에는 활기가 돌며, 성의 있게 차근차근히 기다리고 있다.

에벤도 그녀가 있는 것을 느낀 것같이 보이나 오히려 얼굴을 찌푸리며 그녀의 일을 잊으려고 하며, 과장해서 경멸하는 듯 침을 뱉는다―그리고는 방으로 들어가 버린다. 애비는 숨을 죽이고 집 안에서 일어나는 소리란 소리를 하나도 놓치지 않으려고 정성을 다해 열심히 귀를 기울인다.

에벤이 나온다. 두 사람의 시선이 마주친다. 에벤은 눈이 주춤하고 혼란스럽다. 외면하며 분개하듯 문을 탕 닫는다. 이 양상을 보고 애비는 안달도 나고 웃으며 재미가 난다. 하지만 동시에 언짢은 생각에 짜증이 난다. 에벤은 얼굴을 찌푸리며, 성큼성큼 발코니에서 작은 길로 나가 애비의 존재를 무시하듯, 거창하게 거드럭거리며 그녀의 옆을 지나 도로 쪽으로 걷기 시작한다. 그는 기성복을 입었고 맵시를 냈고 얼굴은 비눗물로 씻어 반짝인다. 애비는 의자에 앉아 상체를 앞으로 기울이고 있다. 눈은 험악하게 화가 나 있다. 에벤이 옆을 지나가자 조롱하듯 비아냥거리며 꽥꽥 웃는다.

에　벤　(얼얼히 따끔하여—화가 치밀어 그녀 쪽으로 돌아서며) 뭘 꽥꽥 웃어대지?

애　비　(의기양양하게) 너지!

에　벤　내가 어쨌다고?

애　비　맵시를 냈으니 대회에서 상을 탄 황소 같아.

에　벤　(빈정대며) 홍—당신도 그리 예쁘진 않군, 그렇지?

　　　두 사람, 서로의 눈을 뚫어지게 처다본다. 그는 자신도 모르게 그녀의 눈에 사로잡혔고, 그녀의 눈은 남자를 차지하려는 욕망에 타오르고 있다. 그들은 서로가 상대의 육체에 끌린 것이 뚜렷하게 정력이 되어 무더운 공기 속에서도 떨고 있다.

애　비　(부드럽게) 내가 예쁘지 않다고, 에벤? 그렇게 생각

애　비　(흥분해서) 미니를 만나려는 거지?

에　벤　글쎄.

애　비　(힘없이) 쓸데없이 그런 여잘 만나서 뭘 해?

에　벤　(복수하려는 듯이―싱긋 웃으며) 자연에 항거하지 못한
다면서, 안 그랬어? (웃으면서 다시 걸어가려고 한다.)

애　비　(고함을 치며) 그 못생긴 늙은 년!

에　벤　(애태우게 비웃으며) 당신보다야 예쁘지!

애　비　동네의 술고래들이 건드린…….

에　벤　(조롱하여) 글쎄올시다―그렇지만 당신보다야 낫
지. 그 여자는 정직하게 자기 일을 내놓고 하고 있
으니까.

애　비　(분노해서) 그런 년하고 비교하다니…….

에　벤　그 여잔 살짝 들어와 도둑질은 안 하거든―내 것
을.

애　비　(그의 약점을 잡았다고 흥분해서) 네 것? 그거야―내 농
장이지.

에　벤　당신이 다른 늙은 매춘부처럼 몸을 팔고 얻은 줄
아는 농장, 그건―내 농장이라구!

애　비　(매섭게―화가 나서) 네 생전에 쓸모없는 잡초 한 포
기라도 네 것이 되는 날은 아예 없을 거다! (쉿소리
로) 내 앞에서 꺼져버려! 그 잡년한테 가시지―아
버지하고 나에게 망신살을 뻗치게 하라구! 내가
마음만 먹으면 말채찍으로 갈겨서라도 이곳에서

내쫓을 수 있어! 내가 참고 있으니까 네가 여기 살
고 있는 거야! 어서 가버려! 네 꼴은 보기도 싫어!
(말을 끊고, 헐떡거리며 에벤을 노려본다.)

에 벤 (똑같이 노려보며) 나도 당신 보는 게 역겹다구!

에벤, 몸을 돌려 도로 쪽으로 성큼성큼 걸어간다. 그녀는 모
진 증오가 가득 차서 멀어져 가는 그의 뒷모습을 지켜본다. 늙
은 캐봇이 외양간 쪽부터 모습을 드러낸다. 딱딱하고 노여운
표정이 없어졌다. 부드럽고 명랑한, 기묘한 눈치다. 눈에는 이
상하고 어울리지도 않는 꿈을 꾸는 듯한 것이 떠오른다. 허나
육체적으로 약해진 것 같은 기미는 없다―오히려, 더 강건하
고 젊게 보인다. 애비는 그를 보자마자 태연하게 혐오감을 드
러내며 외면한다. 그는 천천히 그녀 쪽으로 다가선다.

캐 봇 (부드럽게) 또 에벤하고 싸운 건가?

애 비 (간단히) 아뇨.

캐 봇 아주 큰소리로 말하던데. (발코니 끝에 앉는다.)

애 비 (또렷이) 우리 말 다 들었다면 물을 것도 없죠.

캐 봇 무슨 말을 했는지는 못 들었지.

애 비 (안심하며) 아, 그건―별것 아니었어요.

캐 봇 (잠시 후에) 에벤, 괴상한 놈이야.

애 비 (매정하게) 에벤은 당신을 꼭 빼닮았어요!

캐 봇 (유난히 흥미를 갖고) 그렇게 생각하나, 애비? (사이.

사념에 잠겨) 나와 에빤은 언제나 싸움질만 하고 있
어. 그놈 보면 참아낼 수가 없다고. 그놈—통 물
러터졌단 말야.

애 비 (경멸하듯이) 맞아요! 물러터진 것도 당신 꼴이죠!

캐 봇 (못들은 척하며) 내가 너무 혹독하게 다룬 모양이지.

애 비 (조롱하듯) 흥—당신이 지금 물러지고 있어요—죽
모양 물렁물렁하고! 에벤이 그렇게 말했다고요.

캐 봇 (당장 얼굴이 분노로 험악해지며) 에벤 놈이 그런다?
오, 이놈 날 화나게 하지 말아야 할 처지인데, 혼
꾸멍이 나야……

사이. 그녀, 얼굴을 계속 외면한다. 캐봇의 표정은 점점 부
드러워진다. 하늘을 바라본다.

캐 봇 아름답지 않은가?

애 비 (쌀쌀하게) 아름다운 건 하나도 없어요.

캐 봇 저 하늘 말이야. 저긴 따뜻한 밭이 있을 것 같아.

애 비 (빈정대며) 농장 위의 하늘도 사고 싶은가요? (경멸
하듯 킬킬 웃는다.)

캐 봇 (예상 밖으로) 저곳에 나의 땅을 갖고 싶군. (사이) 난
늙어가고 있어, 애비. 나뭇가지의 다 익어빠진 과
일이라.

사이. 그녀는 무슨 뜻인지 어리둥절하여 그를 쳐다본다. 그
는 말을 계속한다.

캐 봇 집 안에서는 언제나 쓸쓸하고 춥단 말이야—밖이
야 끓을 듯이 더울 때인데도. 당신은 느끼지 못했
어?

애 비 아뇨.

캐 봇 외양간은 따뜻해—냄새가 좋으면서, 따뜻하다
구—암소들도 있어서인가. (사이) 암소들은 야릇
한 놈들이야.

애 비 당신같이!

캐 봇 에벤 같아—(사이) 그놈한테는 나도 손을 들었어—
그 녀석 어미도 그랬다구. 나도 그놈의 물렁거리
는 걸 알 만하게 됐어—그놈 어미도 그랬어. 그 녀
석을 좋아할 수도 있을 것 같아—그런 멍텅구리가
아닐 것 같으면 말이지! (사이) 나이 탓이야, 나이
가 들다 보니.

애 비 (무관심하게) 흥—아직 죽은 것도 아닌데, 뭐.

캐 봇 (감정이 터져서) 뭐, 죽다니—개 같은 소릴—난 호두
처럼 단단하고 모질다구! (그러더니 우울하게) 그러
나 칠순이 넘게 되면 하느님이 준비하라고 타이
르지. (사이) 그래서 에벤의 일이 신경이 쓰여. 이
제 그 죄 많은 형놈들이 지옥에 갔으니까 에벤만

이 남은 셈이지.

애 비 (분개하여) 내가 있는데 왜 그러죠? (흥분하여) 왜 갑
자기 에벤이 좋다고 야단이에요? 왜 내 얘긴 한마
디도 없죠? 나야말로 정식 아내잖아요?

캐 봇 (단순하게) 그래. 그렇구말구.

사이. 캐봇, 욕망에 타올라 그녀를 바라본다―눈은 탐욕스
럽게 빛난다―그리하여 갑자기 여자의 두 손을 꽉 쥐고 야외
종교 집회의 목사가 설교하는 것 같은 묘한 어조로 열변을 토
한다.

캐 봇 그대는 내 샤론의 장미요! 보라, 그대는 아름다워
라. 그대의 눈은 비둘기 같고, 그대의 입술은 진홍
빛이요, 그대의 두 유방은 두 마리 새끼 사슴, 그
대의 배꼽은 둥근 술잔 같고, 그대의 배는 밀더미
같으오…….

캐봇, 그녀의 손 위에 계속 키스한다. 그녀는 무관심한 태도
같다. 성난 모진 눈길로 앞을 응시한다.

애 비 (손을 뿌리치며―거칠게) 그래서 당신은 에벤한테 농
장을 넘겨줄 작정이에요?

캐 봇 (어리둥절해) 넘겨주다니……? (그러다가 분개하여, 고

집스럽게) 아무한테도 물려주지 않을 거다!

애 비 (냉혹하게) 무덤까지 가져갈 순 없을 텐데.

캐 봇 (잠시 생각한다─마지못해) 웅, 가져갈 수야 없겠지.
(사이─유별나게 정열을 내뿜으며) 그러나 할 수만 있
다면 맹세코 가져가야! 그게 아니고 또 할 수
만 있다면 마당에 불을 질러 다 타버리는 걸 보
는 거다─이 집도, 옥수수 이삭 하나하나도, 모
든 나무도, 건초의 마지막 잎사귀까지 모두 태워
줄 거다! 그 모든 것이 나하고 함께 죽어가는 것
을 지켜봐 준단 말이야. 아무것도 없는 이곳에
나의 피와 땀으로만 만들어 낸 나의 것은 이 세
상 어느 누구에게도 건네줄 수가 없다! (사이. 그
리하여 기묘한 애정을 보여주며 덧붙인다.) 소는 별도
다. 그것들은 풀어줘야지.

애 비 (거칠게) 그럼 나는?

캐 봇 (기묘한 미소를 띠며) 당신도 풀어줄 거야.

애 비 (화가 치밀어) 그것이 겨우 당신한테 시집온 사례예
요? 당신은 미워 죽겠다는 에벤에게는 잘해 주고
나를 길바닥에 내쫓겠다는 거요?

캐 봇 (당황하여) 애비! 그게 아니라구…….

애 비 (복수심에 불타) 에벤 얘기 한두 가지 해드리죠! 어
디 갔을까요? 갈보 미니한테라구요! 가지 말라고
했건만. 당신과 나에게 창피를 주는 거요─그것

도 안식일에 말이죠!

캐 봇 (좀 죄스러워) 그놈 죄인이라구—타고난 죄인이야. 색욕이 놈을 망친다니까.

애 비 (분노를 참질 못하여—미친 듯 앙심 깊게) 게다가 나에게 도 손을 뻗치다니! 그래도 괜찮다는 거요?

캐 봇 (여자를 응시한다—무거운 침묵 끝에) 당신에게도—탐 을 내?

애 비 (도전적으로) 나한테 수작을 걸었다고요—아까 말 다툼하는 것 들었죠?

캐봇, 그녀를 응시한다—무서운 분노의 표정이 그의 얼굴에 나타난다. 온몸을 불불 떨면서 벌떡 일어난다.

캐 봇 하느님께 맹세한다—그놈을 죽일 거다!

애 비 (깜짝 놀라 에벤이 걱정이 되어) 아니! 그만둬요!

캐 봇 (난폭하게) 엽총으로 그놈 대갈통을 쏴서 느릅나무 꼭대기로 날려버리겠다!

애 비 (그를 껴안으며) 안 돼요, 이프레임!

캐 봇 (험하게 그녀를 밀어내며) 이놈, 꼭 죽여버리겠다!

애 비 (달래는 어조로) 여보, 들어봐요, 별로 나쁜 뜻으로 말한 게 아니라고요—애들 장난인 거예요. 정말 로 그런 게 아니고—장난 삼아 짓궂게 군거라니까 요…….

캐 봇   그럼 왜 그런 소릴 했지—수작을 걸었다고?

애 비   그렇게 말하려고 한 게 아니었는데. 화가 치밀어
　　　　서요—당신이 에벤에게 농장을 물려준다고 하니
　　　　까.

캐 봇   (침착해졌지만 여전히 침울하고 잔인한 표정으로) 홍, 그
　　　　럼 말채찍으로 갈겨서 내쫓아야지. 그런 정도의
　　　　것으로 당신이 만족한다면 말이지.

애 비   (손을 내밀어 남편의 손을 잡고) 아뇨, 내 생각은 하지
　　　　말아요! 그를 내쫓지 말아요. 철없는 짓이에요.
　　　　농장 일을 누가 도와준다고요? 이 근처엔 아무도
　　　　없잖아요.

캐 봇   (생각해 보다가—맞는 얘기라고 끄덕이며) 머리가 잘 도
　　　　는군. (그리고도 짜증이 나서) 홍, 있으라고 해주지.

　　　캐봇, 발코니 끝에 앉는다. 그녀가 그의 옆에 앉는다, 그는
　　경멸하는 듯 중얼거린다.

캐 봇   그렇게 화냈댔자 별 수도 없는 일인데 말이야—저
　　　　런 바보 같은 놈한테. (사이) 허나 이것이 문제야.
　　　　내가 하느님께 불려갈 때 어느 아들 녀석이 이 농
　　　　장을 이어갈 것인가 말야—시미언과 피터는 지옥
　　　　에 가버렸구—에벤 놈도 뒤따라가겠지.

애 비   내가 있잖아.

캐　봇　당신은 여자잖아.

애　비　당신의 아내예요.

캐　봇　나는 그렇지 않아. 아들을 낳아야―나의 피야―
　　　　나의 것이라고. 내 핏줄이 내 재산을 가져야지.
　　　　그러면 언제든지 내 것이니까. 비록 내가 무덤 속
　　　　에 깊이 파묻혀 있다 해도. 알겠는가?

애　비　(증오의 시선을 보내며) 암, 알고말고요.

　　　애비, 깊은 생각에 잠긴다. 그녀의 얼굴은 점점 예민해지며
　　간사하게 캐봇을 살펴본다.

캐　봇　나도 늙어가고 있어―곧 가지에서 떨어질 테지. (그
　　　　런 다음에 화급히 억지로 보증하듯이) 그렇다고 해도 아직
　　　　은 간단하게 망가질 내가 아니지―앞으로 몇 년이
　　　　걸려도 말이야! 보라구, 일 년 내내 언제든지 어떤
　　　　일이든 젊은 녀석들 뺨을 치고 말 것이다!

애　비　(급히) 어쩌면 하느님이 우리한테 아들을 주실지.

캐　봇　(돌아서며 그녀를 열심히 바라본다) 당신이 한 말이―아
　　　　들을―나와 당신 사이에?

애　비　(꼬이는 듯 웃음지으며) 당신은 아직도 강하면서 그래
　　　　요? 조금도 불가능하지 않잖아요. 우린 다 안다고
　　　　요. 왜 그런 눈으로 보죠? 그런 생각은 전혀 안 해
　　　　보았어요? 난 쭉 그런 생각을 했었는걸. 그래요―

그렇게 해달라고 기도하고 있어요.

캐 봇 (점점 환회에 찬 긍지와 일종의 종교적 황홀감에 얼굴이 빛나며) 기도를 했다고, 애비? 아들을 점지해 달라고? 우리에게?

애 비 그랬어요. (억척스런 결의를 보이며) 당장 아들을 갖고 싶어요.

캐 봇 (흥분해서 그녀의 양손을 잡고) 신의 은총이로다. 애비―전지전능하신 신이 나에게 주시는 은총이야―이 늙은 나이에―외로운 나에게! 그렇게만 되면, 애비, 당신에게 뭐든지 해줄 거야. 당신이 말하는 건―당신이 바라는 건 뭐든지―.

애 비 (말참견하며) 그러면 농장을 주겠어요―나와 우리 아들한테……?

캐 봇 (정열적으로) 당신이 원하는 건 뭐든지 해주고말고! 맹세도 하지! 그렇게 하지 않으면 지옥행도 마다 않는다구!

캐봇, 무릎을 꿇고, 그녀도 잡아당겨 자기 옆에 무릎을 꿇게 한다. 그는 희망에 차 온몸이 열정에 떨고 있다!

캐 봇 애비, 다시 기도하라구. 마침 안식일이잖아! 나도 같이 기도드릴게! 두 사람이 기도하면 보다 낫지 않겠는가 말야. "신은 야곱의 처 라헬을 감득하여

아들을 점지해 주셨노라." 하느님께서 애비의 소
원을 감지하시기를! 기도하는 거야, 애비! 하느님
께 소원을 비는 거다!

캐봇, 고개를 숙이고 중얼거린다. 애비도 똑같이 하는 척하
지만, 승리감에 찬 시선으로 남편을 곁눈질한다.

- 막 -

제 2 장

저녁 여덟시쯤. 2층 두 침실의 내부가 보인다.

에벤, 왼쪽 방의 침대 가에 앉아 있다. 무더위 때문에 속서 츠와 바지 이외의 것은 전부 벗고 있다. 맨발. 정면을 향해 우 울하게 수심에 잠겨 두 손으로 턱을 괴고 절망적인 표정을 짓 고 있다.

다른 방에서는 캐봇과 애비가 깃털 매트리스의 고풍스런 네 모퉁이에 기둥이 달린 침대 끝에 나란히 앉아 있다. 두 사람 다 잠옷 차림이다. 그는 아들을 낳고 싶은 생각에 잠겨서 야릇 한 흥분 상태에 있다. 좌우의 침실은 모두 수지양초의 불길이 나풀거리며 희미하게 밝혀져 있다.

캐 봇 농장엔 아들이 있어야 해.

애 비 나도 아들이 있어야 해요.

캐 봇 그렇지. 때론 당신이 농장이고, 때론 농장이 당신 이기도 해. 그래서 내가 외로워지고 나서는 당신에게 붙어 있는 거야. (사이. 주먹으로 무릎을 친다.)
나와 내 농장을 위해서라도 아들을 낳아 주어야
한다구!

애 비 여보, 자는 게 좋겠어요. 일들이 모두 뒤죽박죽이
돼요.

캐 봇 (안달하는 동작으로) 아냐, 그렇지 않아. 내 마음은
우물물처럼 맑아. 당신은 날 모른단 말이야. (절망
한 듯 마루를 내려다본다.)

애 비 (무관심하게) 글쎄올시다.

　　옆방에서는 에벤이 일어나서 마음이 산란한 듯 오락가락 걷
는다. 애비가 그 소리를 듣는다. 그녀는 정신력을 집중하여 두
방을 막아 놓은 벽을 주시한다. 에벤도 발을 멈추고 벽을 응시
한다. 둘의 뜨거운 시선이 벽을 뚫고 만나는 것같이 느껴진다.
에벤이 무의식중에 그녀 쪽으로 양손을 뻗고 그녀는 엉거주춤
일어선다. 그러자 그는 느낌이 오듯 자기 자신에게 저주의 말
을 중얼거리고 머리 숙여 침대에 몸을 던져버리고 불끈 쥔 주
먹을 머리 위로 뻗고, 베개에 얼굴을 파묻는다. 애비, 가냘픈
한숨으로 답답한 마음을 푸나 시선은 벽에 못박은 채로 있다.
그녀는 에벤의 움직임을 놓치지 않으려고 주의를 다하여 귀를
곤두세우고 있다.

캐 봇 (갑자기 고개를 들고, 그녀를 본다—경멸하듯이) 당신이

날 아는 날이 찾아올까—아니, 누군들 알지 못할
거야. (머리를 흔들며) 아냐, 아무도 날 알 수가 없다
구.

캐봇, 다시 외면한다. 애비, 여전히 벽을 보고 있다. 이윽고
캐봇, 자신의 생각을 속에 담아둘 수가 없게 되어 그의 아내를
쳐다보지 않고 한 손을 펼쳐 그녀의 무릎을 움켜쥔다. 애비,
깜짝 놀라 그를 보지만 그가 자기를 보고 있지 않다는 걸 깨닫
자 다시 벽 쪽으로 주의를 집중시켜 그가 하는 말은 귀담아듣
지 않는다.

캐 봇 애비, 들어봐. 50여 년 전에 내가 여기 왔을 때—
난 스무 살이었어. 매우 힘도 세고 단단했었지—
에벤보다야 열 배나 힘이 셌고 오십 배나 단단했
었다구. 그랬어—내가 이 땅을 차지하자 사람들
이 모두 비웃었다구. 그 사람들은 내가 알고 있었
던 것을 몰랐던 거야. 돌밭에서 옥수수 싹이 돋아
나오며 하느님이 함께 해주신다는 거 말야! 그렇
지만 그 사람들은 그렇게 억세진 않았으며, 하느
님을 우습게 봤던 거지. 그들은 날 비웃었어. 그
렇지만 더 이상 비웃지 않아. 어떤 자는 이 근방에
서 죽었어. 서부에 가서 죽은 자도 있고. 모두 다
흙밑에 있는 거야—하느님을 너무 쉽게 본 탓이

지. 하느님은 쉬운 존재가 아니라구. (천천히 고개를 젓는다.) 그래서 난 점점 강직한 인간이 됐어. 그들은 늘 이렇게 말했다구. "그 자는 우직한 인간"이라고. 우직한 것이 무슨 죄라도 되는 것처럼 말야. 그래서 드디어 이렇게 대꾸해 줬지. "제기랄, 내가 우직하다고 하지만, 어떻게 생각하게 될지는 두고 볼일이다!"라고. (그리고는 갑자기) 그러나 한 번 허약하게 굴복한 적이 있었어. 여기 와서 2년 후였어. 내가 약해진 건—절망에 빠진 건데—몽땅 돌덩이뿐이었으니까 말야. 포기하고 서부로 떠난 패거리들이 있어 나도 쫓아간 거야. 우린 걷고 걷고 또 걸어갔지. 널찍한 초원으로 가게 됐어. 흙이 검고, 황금처럼 비옥한 땅이었다구. 돌같은 건 하나도 없어. 거저먹기지. 그저 밭을 갈고 씨를 뿌리면 되는 거야. 그리고는 느긋하게 앉아서 담배나 피워 물고 곡식이 자라는 걸 보기만 하는 거라구. 그대로만 있으면 난 부자가 될 수 있었어—하지만 뭔가가 내 마음속에서 날 매질하고 또 매질해대는 거야—그게 하느님의 목소리가 들려온 것이지. "이것은 나를 기쁘게 하는 일이 아니다. 고향으로 돌아가거라!"였어. 난 그 소리가 무서워서 이곳 집으로 돌아온 거야. 누구든지 그곳 땅에 대한 권리나 작물을 갖고 싶은 자가 가지

라고 놔두고 왔다구. 그래, 사실 정정당당한 나의
것을 포기한 것이라구! 하느님은 엄하시고 부드
럽지가 않아! 하느님은 돌 속에 계신 거야! "내 교
회를 반석 위에 세우리니—그러면 내가 너와 함께
그곳에 있으리라!" 하느님께서 베드로에게 하신
말씀이셔! (무겁게 한숨을 쉰다—사이) 돌덩이들이라.
난 그것들을 주워서 돌담으로 쌓아올렸어. 저 돌
담 안에서 내 인생이 거닌 세월을 읽을 수 있을 거
야. 나날이 저 돌 하나하나라구. 언덕을 오르내리
며 지금은 나의 밭인 벌판 주위에 쌓은 돌담이며
아무것도 없는 돌밭에다 작물을 키워냈으니—하
느님의 뜻에 따라 하느님 손의 종인 것처럼 말이
야. 그건 쉬운 일이 아니었어. 어려운 일이었지,
그래서 하느님은 날 억센 인간으로 만드신 거라
구. (사이) 그러는 동안 점점 외로워졌어. 장가를
들었어. 시미언과 피터가 태어났지. 애들 엄마는
좋은 여자였다구. 열심히 일했지. 결혼 생활이 20
년이었는데 그래도 그 여잔 전혀 날 알지 못했다
구. 잘 도와주었지만 무엇을 도와줘야 하는지 몰
랐던 거야. 그래서 난 늘 외로웠지. 아낸 죽고 말
았어. 그녀가 죽고 얼마 동안은 그리 외롭지 않았
어. (사이) 몇 해가 지나갔는지 세어 보는 것도 잊
고 있었어. 그렇게 빈둥거릴 시간이 없었다구. 시

미언과 피터가 도와주었어. 농장은 잘 되었고 모두가 다 내 것이었다구! 그걸 생각하면 외롭지도 않았어. (사이) 그렇지만 낮이나 밤이나 한 가지 일에만 마음을 붙일 수는 없었나 부지. 또 장가를 들었어—에벤의 어미지. 그 여자의 가솔들이 농장에 대한 소유권을 두고 소송을 걸었어—내 농장을 말이지! 에벤 놈이 이 농장이 어미 것이라고 주책없이 주워대는 것도 그 때문이라구. 그 여자가 에벤을 낳았어. 예뻤지만—순했어. 억세지려고 애도 썼지만 소용 없었어. 그 여자도 전혀 날 몰랐어. 그 여자와 함께 있어서도 무척이나 외로웠어. 16년을 살고 그 여자도 죽었어. (사이) 자식들하고 살게 돼 있었어. 내가 벅차게 군다고 놈들은 날 싫어했어. 난 놈들이 나약하다고 미워했구. 놈들은 이 농장이 어떤 것인지 알지도 못하면서 턱없이 탐만 낸 거야. 그러니까 난 쓴 쑥 먹은 듯 괴로운 거지. 그래서 난 더 늙어버렸어—내가 나의 하느님 것이라고 만들어 놓은 농장을 탐을 내다니. 그러다가 이번 봄에 부르심을 받았어—외로운 내게 황야에서 부르는 하느님의 소리가 들려왔어—가서 찾아라, 찾아내라! (유다른 정열을 가지고 여자를 향해) 그래서 당신을 찾아낸 거야. 당신은 내 샤론의 장미야! 당신의 눈은 마치……. (그녀는 무표정한 얼

굴을 돌려 원망스러운 시선을 보낸다. 그는 잠시 여자를 응
시하다가—거칠게) 내가 한 말 좀 알아듣겠어?

애 비 (어리둥절하여) 글쎄요.

캐 봇 (여자를 밀어젖히며—화가 나서) 당신은 아무것도 몰
라—앞으로도 모를 거야. 아들이나 낳아야 토를
다는 거지……. (냉담한 위협조로)

애 비 (분개해서) 내가 기도했잖아요!

캐 봇 (쓸쓸하게) 다시 기도해—알아들을 만하게!

애 비 (위협을 숨기려는 어투로) 아들을 낳아 드릴게요, 약
속해요.

캐 봇 어떻게 약속을 할 수 있지?

애 비 난 아마 천리안을 가지고 있을걸요. 예언할 수도
있어요. (야릇한 웃음을 짓는다.)

캐 봇 그럴 만해. 당신은 가끔 날 오싹하게 하더군. (몸서
리친다.) 이 집 안이 추워, 편치가 않아. 구석에서,
어두운 데 뭔가가 꼬치꼬치 파고드는 게 있단 말
야. (바지를 입고 그 속에 셔츠 자락을 구겨 넣고 장화를 신
는다.)

애 비 (놀라서) 어디 가요?

캐 봇 (야릇하게) 쉴 수 있는 곳—외양간이지. (쓸쓸하게)
소들과는 얘기를 할 수 있으니까. 놈들이 날 알고
있어. 농장도 알고 나도 알고 있어. 날 편안하게
해준다구. (돌아서서 나가려 한다.)

애 비 (좀 놀라서) 여보, 어디 아픈 데라도?

캐 봇 나이 탓이지. 가지에 매달린 다 익어버린 열매라
구.

캐봇, 돌아서 나간다. 터벅터벅 계단을 내려가는 구두 소리
가 들린다. 에벤, 벌떡 일어서 앉아 귀를 기울인다. 애비는 그
의 움직임을 감지했는지 벽을 응시한다. 캐봇, 집에서 나와 모
퉁이를 돌아 문옆에 서서 눈을 깜빡거리며 하늘을 쳐다본다.
고뇌하는 몸짓으로 두 손을 공중에 쳐든다.

캐 봇 전능하신 하느님이시여! 저를 어둠에서 불러내
주소서!

캐봇, 대답을 기다리듯이 귀를 기울인다. 그리고는 두 팔을
늘어뜨리고 고개를 젓고 외양간 쪽으로 터벅터벅 걸어간다.
에벤과 애비는 벽을 통해 서로를 응시한다. 에벤이 깊은 한숨
을 쉬자, 애비도 똑같이 화답한다. 두 사람 다 몹시도 신경이
곤두서서 불안하다. 마침내 애비가 일어서서 벽에 귀를 대고
듣는다. 에벤은 그녀의 움직임을 하나하나 보고 있었던 것처
럼 행동한다. 그리고는 작심한 듯 꼼짝 않는다.

그녀가 어떤 결심을 한 것으로 보인다―결연히 뒷문으로 나
간다. 그의 시선이 그녀를 쫓는다. 이윽고 그의 방문이 조용히
열리자 그는 외면을 하고 긴장한 채로 부동의 자세로 기다린

다. 애비, 정욕에 불타는 눈길로 잠시 동안 그를 응시하며 서
있다. 이윽고 작게 소리를 지르더니 그의 곁으로 달려가 두 팔
로 남자의 목을 끌어안고 그의 머리를 뒤로 젖히고 그의 입에
키스세례를 퍼붓는다. 그는 처음에는 말없이 따르는 것 같다
가 곧 여자의 목을 끌어안고 그녀의 키스에 응대한다. 그러나
마침내 갑자기 그녀에 대한 자신의 증오를 깨닫자, 그녀를 뿌
리치며 펄쩍 뛴다. 그들은 두 마리의 짐승처럼 헐떡거리며 묵
묵히 서 있다.

애　비　(마침내 - 괴로워하며) 안 돼, 에벤—그러지 마—행복
　　　　하게 해줄 거야!

에　벤　(거칠게) 행복은 바라지도 않아—당신한테서!

애　비　(딱한 듯) 아냐, 그렇지 않아, 에벤! 그렇지 않다고!
　　　　왜 거짓말을 하는 거야?

에　벤　(악의에 차서) 난 당신을 좋아하지 않는단 말이야!
　　　　당신 꼴도 보기 싫다구!

애　비　(확신을 갖지 못해, 곤혹스런 웃음을 지으며) 하여간 너에
　　　　게 키스했는걸—에벤도 나에게 답례의 키스를 했
　　　　잖아—입술이 타올랐어—그런 걸 거짓말을 하면
　　　　안 돼! (열렬하게) 좋아하지 않는다면 왜 나한테 키
　　　　스해 줬지—왜 입술이 타오르고 있었지?

에　벤　(입술을 닦으며) 입술에 독약이 묻힌 것 같다구. (그
　　　　리고는 비아냥거리며) 내가 키스를 돌려준 건 다른 여

자로 잘못 알았던 거지.

애 비 (험상하게) 미니야?

에 벤 그럴 수도 있지.

애 비 (괴로움에 차서) 그런 년을 만나러 갔어? 정말 갔냐
구? 설마 했는데 말이지. 그래서 지금 날 뿌리친
거야?

에 벤 (조롱하듯) 그렇다면 어쩔 거지?

애 비 (미친 듯) 그렇다면 개라고, 에벤 캐봇!

에 벤 (겁주듯) 어따 대고 함부로 지껄여!

애 비 (날카롭게 웃으며) 왜 내가 못할 줄 알아? 내가 널 사
랑했는 줄 알아—너 같은 약골을? 어림도 없는 일
이야! 널 원했던 것은 너를 내 것으로 만들려는 목
적이 있어서야—내가 너보다 더 강하니까 지금이
라도 너를 내 마음대로 해볼 것이야!

에 벤 (분개해서) 잘 알고 있었다. 모든 걸 다 집어삼키겠
다는 수작의 일부라는 걸!

애 비 (비아냥거리며) 그럴지도 모르지!

에 벤 (분개하여) 여긴 내 방이니 썩 나가!

애 비 이건 내 방이야, 넌 단지 고용살이 일꾼일 뿐이야!

에 벤 (위협조로) 어서 꺼져, 죽여버리기 전에!

애 비 (이제는 아주 자신만만하게) 난 두려울 것 하나도 없
어. 너 나를 원하지? 그래, 그렇지! 그 아버지에
그 자식이니, 자기가 원하는 걸 죽일 순 없잖아!

네 눈을 봐! 날 탐내서 음탕하게 불타고 있지 않
아! 그리곤 네 입술 좀 보라고! 나하고 키스하고
싶어서 덜덜 떨고 있어. 그 이는 나를 물고 싶어
야단이고!

에벤은 무서운 매혹을 느끼며 그녀를 지켜보고 있다. 여자
는 미친 듯 승리의 웃음을 껄껄댄다.

애　비　난 이 집을, 모든 걸 내 것으로 만들 거야! 아직 내
　　　것이 아닌 방이 하나 있어. 하지만 그것도 오늘 밤
　　　내 방이 될 거야. 지금 내려가서 불을 켜야지. (조
　　　롱하듯이 절을 하며) 가장 좋은 거실에 가서 날 유혹
　　　해 보시죠, 캐봇 나리?
에　벤　(그녀를 응시하며—몹시도 당황하여—멍청하게) 그만둬!
　　　그 방은 어머니가 돌아가셔 모셔 낸 이래로 한 번
　　　도 열지 않았어! 그만두라구……!

그러나 그녀의 눈이 타오르는 듯 그에게 못박혀져서 그의
의지가 그녀의 의지에 꺾이고 마는 것같이 보인다. 그는 힘없
이 그녀 쪽으로 몸을 가누지 못하고 서 있다.

애　비　(남자의 시선을 놓치지 않고 문 쪽으로 물러나며 그녀의 모
　　　든 의지력의 말을 담아서) 곧 오길 기다리고 있겠어,

에벤.

에 벤 (문 쪽으로 걸어가며 잠시 그녀의 뒷모습을 응시한다. 거실 창에 불이 켜진다. 에벤이 중얼거린다.) **거실인가?**

이 말에 심중한 의미가 함축된 것 같다, 왜냐하면 그는 돌아와서 흰 셔츠에 칼라를 달고, 기계적으로 넥타이를 걸쳐 달고 상의를 입고, 모자를 들고 맨발로 선 채, 어리둥절한 듯 주변을 둘러보며 이상하게 중얼거린다.

에벤 어머니! 어디 계시는 거예요? (그 다음에 천천히 뒤쪽에 있는 문으로 걸어간다.)

- 막 -

제 3 장

몇 분 후. 거실의 내부가 보인다. 가족들이 살고 있으면서도 무덤에 파묻힌 것처럼 음산하고 억압되어 있는 그런 방이다. 애비가 말털이 짜 들어간 직물의 소파의 끝에 앉아 있다. 그녀가 모든 촛불을 다 켜 놓았기 때문에 방 안은 그 동안 지니고 있었던 추한 모습이 다 드러나 보인다. 애비에게 변화가 온다. 두려움에 겁먹은 듯 보이며 당장 뛰어나가려고 한다.

문이 열리며 에벤이 나타난다. 무엇에 홀린 듯 곤혹스런 표정. 여자를 응시하고 서 있다. 두 팔을 축 늘어뜨리고 발은 맨발, 손에는 모자를 들고 있다.

애 비 (잠시 후―초조하고 판에 박힌 인사말로) 앉지그래?
에 벤 (멍청하게) 아, 그래.

에벤, 기계적으로 문 가까운 바닥에 조심스레 모자를 내려 놓고 소파 끝 여자 옆에 뻣뻣하게 앉는다. 사이. 그들은 빡빡하게 굳어져서 두려움에 찬 눈으로 곧바로 앞을 내다본다.

애 비 처음으로 들어왔을 때—캄캄한 곳에—뭔가 있는
　　　 것 같았어.

에 벤 (냉담하게) 엄마야.

애 비 아직도 느낄 수 있어—뭔가…….

에 벤 어머니라니까.

애 비 처음엔 무서웠어. 소리지르고 도망가고 싶었다
　　　 구. 이제—에벤이 오니까—그것이 부드러워지고
　　　 나에게 친절해지는 것 같아. (공간에 대고 얘기한다—
　　　 야릇하게) 고마워.

에 벤 어머닌 늘 날 사랑했어.

애 비 그 분은 내가 에벤을 사랑하는 것도 아실 거야. 어
　　　 쩌면 그러니까 어머니가 내게 친절히 대해 주시
　　　 는 거지.

에 벤 (멍해서) 알 수가 없군. 어머닌 당신을 미워할 걸로
　　　 아는데.

애 비 (확신을 가지고) 아니야, 아닌 걸 알 수 있어—이젠
　　　 미워하지 않을걸.

에 벤 당신을 미워할 거야. 제멋대로 이곳에 쳐들어오
　　　 고—여기 어머니의 집에—자신이 있었던 방에 앉
　　　 아 있으니……. (갑자기 말을 멈추고 멍청하니 자기 앞을
　　　 응시한다.)

애 비 왜 그래, 에벤?

에 벤 (소근거리는 소리로) 어머닌 당신한테 그런 말 하는

걸 원치 않는 것 같아.

애 비 (흥분하여) 안다구, 에벤! 어머닌 내게 친절하셨어! 내게 원한이 없으실 거야, 내가 몰랐던걸. 나야 어 떻게 할 수도 없었던 거라고!

에 벤 어머닌 아버지에게 한이 맺혔어.

애 비 그야 우리도 다 그런걸.

에 벤 그래. (정열을 가다듬고) 맹세코 나도 그래!

애 비 (에벤의 손을 잡고 가볍게 토닥거리며) 자! 아버지 생각 으로 속태우지 마. 우리에게 친절하신 어머니 생 각이나 해. 어머니 얘기 좀 해봐, 에벤.

에 벤 별로 얘기할 것도 없어. 어머닌 상냥하고 좋은 분 이셨어.

애 비 (한쪽 팔을 남자의 어깨에 얹으며, 그는 그것을 알지도 못하 고—정열적으로) 나도 당신에게 친절하게 잘 하겠 어.

에 벤 가끔 내게 노래도 불러주곤 했어.

애 비 나도 노래를 부르겠어!

에 벤 이건 어머니 집이었어. 어머니의 농장이었구.

애 비 이건 내 집이야! 이건 내 농장이라구!

에 벤 아버진 이것들을 훔치기 위해 엄마와 결혼했어. 어머닌 부드러웠고 편안한 사람이었어. 그런데 아버진 어머닐 몰라주었다구.

애 비 아버진 나도 몰라줘!

에 벤 너무 혹독하게 부려먹어 어머닐 죽였어.

애 비 나도 죽이고 있잖아!

에 벤 어머닌 죽었어. (사이) 가끔 내게 노래를 불러주시고. (갑자기 흐느껴 운다.)

애 비 (두 팔로 그를 안고—격한 정열로) 내가 노래를 불러줄게! 에벤을 위해 죽을 수도 있어!

에벤에 대한 억척스런 욕정에도 불구하고 그녀의 태도와 목소리에는 진심 어린 모성애가 깃들어 있다—욕정과 모성애가 노출된 끔찍스러운 혼합감정이다.

애 비 울지 마, 에벤! 내가 돌아가신 어머니의 일을 대신 해줄게! 자, 키스해 주겠어, 에벤!

애비, 남자의 머리를 끌어당긴다. 그가 당황해서 거부하는 척한다. 그녀는 부드럽다.

애 비 겁내지 마! 깨끗한 키스를 해줄게, 에벤—어머니하고 똑같은 거야—그러니 너도 내 아들처럼 나한테 키스해 줘—내 아들아—잘 자라는 키스를 해줘야지!

그들은 자제하는 듯이 키스를 한다. 그리고는 갑자기 격렬

한 정열이 그녀를 사로잡는다. 그녀는 몇 번이고 욕정에 넘친
키스를 거듭한다. 그도 두 팔로 여자를 껴안고 되돌려 키스한
다. 그러다가 갑자기 먼저 장면의 침실에서 했듯이 난폭하게
여자를 뿌리치고 벌떡 일어선다. 그는 유별난 공포 상태에서
온몸을 부들부들 떤다. 애비는 격렬한 탄원을 하듯 그에게 팔
을 뻗는다.

애 비 내게서 떠나지 마, 에벤! 이걸로는 안 돼—어머니
의 사랑만으로는—부족해—더 많이—더 백 배나
천 배나 더 많이—내가 행복하게 되려면—에벤이
행복해지려면 말야.

에 벤 (방 안에 있다고 느끼는 혼백을 향해) 어머니! 어머니!
어떡하면 좋아요? 어떻게 하라는 말씀이에요?

애 비 어머니는 날 사랑하라고 하시는 거야. 내가 에벤
을 사랑하고, 또 잘해 주는 걸 어머니는 아신다구.
그걸 느끼지 못해? 모르는 거야? 어머니는 날 사
랑해 주라고 말씀하시고 있잖아, 에벤!

에 벤 그래. 느껴—글쎄—이 어머니 집에서—어머니가
쓰시던 거실에서—.

애 비 (격해서) 엄마는 내가 당신을 사랑하는 걸 아신다
니까!

에 벤 (갑자기 얼굴이 밝아지며, 격렬하고 승리감에 차서 히죽히죽
웃으며) 알겠어! 이유를 알았다고. 이건 어머니가

아버지에게 주는 복수야―그래야 어머니는 무덤
속에서 편히 잠잘 수 있지!

애 비 (열광적으로) 우리 모두에 대한 하느님의 복수! 우
　　리야 그게 다 무슨 상관이야? 난 당신을 사랑해,
　　에벤! 내가 당신을 사랑하는 걸 하느님도 아신다
　　구! (두 팔을 그에게 뻗는다.)

에 벤 (소파 옆에서 몸을 던져 무릎을 꿇고 두 손으로 그녀를 끌어
　　안는다―억압했던 모든 정열을 풀어 제치며) 나도 당신을
　　사랑해, 애비―이젠 말할 수 있어! 정말 당신이 좋
　　아서 죽을 지경이었어―당신이 여기 왔을 때부
　　터―쭉 말이야! 당신을 사랑해! (입술을 포개 입술이
　　찢어질 만큼의 키스를 한다.)

- 막 -

제 4 장

농가의 밖. 동이 틀 무렵.

오른쪽 현관문이 열리고 에벤이 나온다. 모퉁이를 돌아 문 쪽으로 간다. 작업복을 입고 있다. 사람이 변해 보인다. 얼굴은 대담하고 확신에 찬 표정. 분명히 만족스럽다. 스스로 싱긋 웃고 있다. 그가 문 근처에 왔을 때 거실 창이 열리는 소리가 들리고 덧문이 젖혀 열리며 애비가 머리를 내민다. 그녀의 머리카락은 헝클어진 채 어깨 위로 내려져 있으며 얼굴은 홍조를 띠고 있고, 부드럽고 나른한 눈길로 에벤을 바라보며 상냥하게 부른다.

애　비　에벤! (그가 돌아서자—장난기 가득하게) 가기 전에 키스 한 번 더 해 줘. 온종일 무척이나 보고 싶을 거야.

에　벤　나도 그래. 꼭 말이야! (그녀에게 간다. 여러 번 키스한다. 웃으며 나간다) 자, 됐지, 이젠? 지금 다 해버리면 다음에는 없잖아.

애 비 자길 위해서라면 백만 번이라도 남아 있는걸!
(좀 걱정스러운 듯) 정말로 날 사랑하는 거야, 에벤?

에 벤 (힘을 주어) 지금까지 알았던 어느 여자보다 더 당
신이 좋아. 진짜 정말이야!

애 비 좋아하는 것과 사랑하는 건 달라.

에 벤 그으래, 그렇다면—사랑해. 이제 됐어?

애 비 응, 그래. (사모의 정이 넘치게 미소 짓는다.)

에 벤 외양간에 가 봐야 해. 늙은 억지꾼이 의심이 나서
살금살금 기어들지 모른다고.

애 비 (자신만만한 웃음) 그러라지 뭐! 숨겨대는 건 문제가
없어. 덧문을 열어 놓은 채 햇빛과 바깥 공기가 들
어오게 해야지. 이 방은 너무 오랫동안 닫혀 있었
어. 하지만 이제부턴 내 방이 되는 거야!

에 벤 (이맛살을 찌푸리며) 그으래.

애 비 (성급하게) 아냐—우리들의 방이란 거야.

에 벤 그래, 그래.

애 비 어젯밤에 우리 방으로 만들었잖아, 안 그으래? 우
리가 생명을 불어넣었으니까. 우리들의 사랑이
말이야.

에 벤 (이상한 표정으로) 어머닌 무덤으로 돌아가셨다구.
이젠 그곳에서 편히 잠드실 거야.

애 비 편히 쉬시옵소서! (그리고는 부드럽게 타이른다.) 슬픈

　　　　　얘기는 오늘 같은 아침에―그만해.

에　벤　내 마음에 떠오른 게 있어.

애　비　그만해! (그는 대답하지 않는다. 그녀, 하품을 한다.) 그럼
　　　　　눈 좀 붙여야겠어. 늙은이에게는 기분이 좋지 않
　　　　　다고 해야지. 아침은 혼자 차려먹으라지.

에　벤　아비가 외양간에서 온다. 단정하게 차리고 2층으
　　　　　로 올라가는 게 좋겠어.

애　비　그래, 안녕! 내 생각 잊지 마.

　　　　　애비, 손키스를 던진다. 그는 싱긋 웃는다―그리고 어깨를
　　　　펴고 자신 있게 아버지를 기다린다. 캐봇이 왼쪽에서 천천히
　　　　올라와 희미한 표정으로 하늘을 쳐다본다.

에　벤　(명랑하게) 잘 잤어요? 한낮부터 별을 쳐다보세요?

캐　봇　아름답지 않느냐?

에　벤　(탐나는 듯 주변을 둘러보며) 정말 멋진 농장이죠.

캐　봇　하늘을 말한 거다.

에　벤　(히죽 웃으며) 어떻게 알죠? 아버지 눈으로 그렇게
　　　　　먼 곳까지 보이지 않을 건데. (이 농담에 신이 나서 자
　　　　　기의 넙적 다리를 치며 웃어댄다.) 하하! 이거야 재미있
　　　　　군!

캐　봇　(엄하게 비꼬아서) 기분이 매우 좋구나? 어디서 술
　　　　　한잔 걸쳤느냐?

에 벤 (기분이 좋아서) 술이 아니고요. 인생이 재미있다는
거죠. (갑자기 손을 내밀어—침착하게) 우린 비긴 거라
구요. 악수나 해요.

캐 봇 (의아해서) 너 도대체 어떻게 된 거냐?

에 벤 싫으시면 그만둬요. 그게 그거니까요. (잠깐 동안의
사이) 내가 어떻게 됐냐고요? (야릇하게) 그 분이 지
나간 걸 못 느꼈어요—무덤으로 돌아가신 거겠
죠?

캐 봇 (멍해서) 누가……?

에 벤 어머니요. 어머닌 이제 편하게 주무실 수 있어요.
어머닌 아버지하고는 끝났어요.

캐 봇 (혼란에 싸여) 잘 쉬었다. 저쪽에서 소들하고—푹
잤다. 소들은 잘 자는 걸 알고 있다구. 놈들이 잠
자는 도리를 가르쳐준다니까.

에 벤 (갑자기 다시 유쾌하게) 소들이야 땡잡은 거지! 자—
일하러 가야죠.

캐 봇 (험한 얼굴로, 재미있어 하며) 나한테 이래라 저래라
하는 거냐, 이 얼뜨기야?

에 벤 (웃기 시작하며) 그렇습니다요! 내가 지시하는 거죠!
하하! 좋아하시면서 그래요! 하하하! 이 닭장의
왕초는 나라고요. 하하하! (그는 웃으면서 외양간 쪽으
로 간다.)

캐 봇 (경멸하며 처량하다는 듯 그의 뒤를 바라보며) 멍청한 돌

대가리. 제 어밀 닮았어. 꼭 닮은 꼴이야. 그놈 희
망은 다 가버렸어! (경멸에 찬 혐오감으로 침을 뱉으며)
타고난 멍청이! (그리고 실제적으로) 아—배가 고파
졌다. (현관문 쪽으로 간다.)

- 막 -

제3부

제 1 장

다음 해 늦은 봄의 밤. 부엌과 2층에 있는 두 개의 침실이 보인다. 두 침실은 각각 수지양초가 하나씩 켜있으며 희미하게 밝혀져 있다.

에벤이 자기 방 침대 가에 앉아 있다. 양손으로 턱을 바치고 사념에 잠겨 있다. 상충하는 감정들을 이해하려는 심리적 고통의 모습을 드러낸 얼굴 표정이다. 아래층에서 시끄러운 웃음과 음악 소리가 들려온다. 부엌에서 춤판이 벌어지고 있으며, 에벤은 괴롭고 산만하다. 그는 못마땅하여 마루바닥을 노려본다.

옆방에는 더블베드 옆에 요람이 놓여 있다.

부엌에는 모든 것이 축제 분위기다. 난로는 춤추는 장소를 넓히기 위해 치워졌다. 의자는 나무벤치까지도 벽 쪽으로 밀어 붙여 놓았다. 이들 벤치 위에 이웃 농장에서 온 농부들, 그들의 부인들, 그 밖의 젊은 남녀들이 빽빽하게 끼여 앉아 있다. 모두들 시끄럽게 떠들고 크게 웃으며 담소한다. 그들은 분

명하게 공통적으로 비밀스러운 농담을 하고 있다. 캐봇을 겨
냥하며 수없이 눈짓을 하거나 팔꿈치로 옆 사람을 쿡 찌르거
나 의미심장하게 고개를 끄덕인다. 캐봇은 술을 상당히 마셔
서 더욱더 신나게 흥분된 상태로 들떠 있다. 그리고 안쪽 문가
에 작은 위스키 통이 놓여 있는 곳에서 모두에게 술을 권하고
있다. 무대 전면 왼쪽 구석에 애비가 숄을 어깨에 걸치고 흔들
의자에 앉아 캐봇 못지않게 사람들의 주목을 끌고 있다. 얼굴
은 창백하고 일그러져 있다. 마치 누가 오기를 기다리고 있듯
이 그녀는 초조하게 뒤쪽의 열린 문에 눈길을 고정하고 있다.

오른쪽 깊숙한 구석에 악사가 앉아서 바이올린을 조율하고
있다. 길고 가냘픈 얼굴의 호리호리한 젊은이다. 창백한 눈을
연신 깜빡거리며 탐욕스런 악의에 차서 히죽 웃으며 교활하게
주위를 둘러본다.

애 비 (갑자기 오른쪽에 있는 젊은 처녀를 돌아보며) 에벤 어디
　　　있지?

젊은 처녀 (경멸하는 눈빛으로) 모릅니다요, 캐봇 부인. 몇 해
　　　동안도 못 보았는걸요. (의미를 담고서) 아주머니
　　　가 오신 뒤로는 그 사람 집 안에만 박혀 있는 것
　　　같던데요.

애 비 (모호하게) 내가 그의 어머닐 대신하니까.

젊은 처녀 예. 그렇게 들었습니다만요.

젊은 처녀는 돌아서서 옆에 앉아 있는 그녀의 어머니에게
이 이야깃거리를 전해 준다. 애비, 왼쪽을 향해 몸이 크고 뚱
뚱한 편인 중년 남자에게 이야기를 건넨다. 남자는 상당량의
술을 마셔서 얼굴은 빨갛고, 눈은 움찔한다.

애 비 에벤을 못 보았나요?

남 자 아니, 못 보았어요. (그러더니 눈을 찡긋하며 덧붙여 말
을 한다.) 부인이 모르면 누가 알겠수?

애 비 그가 이 마을에서는 제일 춤을 잘 추잖아요. 춤추
러 와야 할 텐데.

남 자 (찡긋하며) 아버지 노릇을 하고 있을 거요. 아기 재
운다고 안고 걸어다니고. 사내아이죠?

애 비 (멍하니 끄덕이며) 그래요—2주 전에 태어났어요—
그림같이 예뻐요.

남 자 아기들은 다 그래요—엄마 눈엔 말이죠. (그러더니
슬쩍 찌르고 곁눈질을 하며 그는 속삭인다.) 어때요, 애
비—혹시 에벤에게 실증나면 날 기억하라구! 잊
지 말라구!

자기 말을 이해 못 하고 있는 애비의 얼굴을 잠시 바라보고
서는 불쾌하다는 듯 투덜댄다.

남 자 흥—한잔 다시 해야지.

남자, 캐봇 쪽으로 가서 끼어든다. 캐봇은 늙은 농부와 암소들에 대해 시끄럽게 논쟁을 벌이고 있다. 그들 모두 술을 마신다.

애 비 (이번에는 누구라고 못 박을 것도 없이) 에벤은 뭘 하고 있을까?

그녀의 말은 앉아 있는 모두에게 이 사람 저 사람으로 옮겨져 크게 킬킬 웃어댄다. 그리고 마침내 악사의 귀에 들어간다. 악사는 깜빡거리며 시선을 애비에게 못 박는다.

악 사 (목소리를 높이며) 에벤이 뭘 하고 있는지 알고 있다구. 교회에 가서 감사기도를 올리고 있을걸.
　　　(모두들 기다렸다는 듯이 킬킬 웃어댄다.)
한남자 무엇 때문이지? (또 킬킬 웃는다.)
악 사 왜냐하면 태어났는데— (한참 망설여 뜸을 두었다가)—동생이 태어났으니까!

가가대소 소리. 모두 애비에게서 캐봇에게로 시선을 돌린다. 애비는 멍하게 문을 응시한다. 비록 캐봇은 악사의 말을 듣지는 못하였지만 웃음소리에 화통이 나서 앞으로 걸어나오더니 주변을 둘러본다. 곧 조용해진다.

캐 봇 왜 이리 맴매 울어대는 거지—양 떼들처럼? 어째

춤을 추지 않는 거야? 이곳에서 춤추라고 불렀잖
아—먹고 마시고 신나라고—그랬는데, 이건 헛바
닥이 거덜 난 암탉들이 술에 빠져 꿱꿱거리고 있
단 말이야! 모두들 내 술을 돼지처럼 퍼 마셔대지
않았나? 그럼 내 체면을 봐서도 춤을 춰야하지 않
겠나? 그게 공명정대한 처사가 아니겠는가? (불쾌
하게 수군거리지만 모두 겁이 나서 분명히 드러내지 못하고
있다.)

악 사 (음울하게) 모두 에벤을 기다리고 있어요. (억제된 웃
음소리)

캐 봇 (크게 기쁨에 차서) 에벤은 저리 가라다! 그놈은 다
끝났다구! 아들이 새로 생겼으니! (술기운으로 갑자
기 기분이 바뀌어) 그렇지만 누구도 에벤을 우습게
봐서는 안 돼, 아무도 말야! 크게 맹하긴 하지만,
내 핏줄이야. 자네들보다야 더 낫지! 하루 일은
거의 나만큼이나 해대니까—자네들같이 멍청한
자들이야 갖다 대지도 못한다구!

악 사 게다가 에벤은 밤일도 잘 한다면서요! (요란스런 웃
음소리)

캐 봇 웃어 봐, 이 등신들! 그래도 옳은 말 했다, 깡깡이
꾼아! 그래, 그놈도 나처럼 밤낮으로 일할 수 있
어. 필요하다면 말이야!

늙은 농부 (술통 뒤에서 취한 채 앞뒤로 휘청거리며 나온다—아주

수수하게) 자넬 당할 사람이야 별로 없지, 이프레임—일흔여섯에 아들이라. 자네야말로 단단하다구! 난 겨우 예순여덟인데 그게 어림도 없다니까. (폭소 소리. 캐봇도 같이 섞여서 소란스럽게 웃는다.)

캐 봇 (농부의 등을 치며) 안됐네, 하이(히람의 애칭으로 사용됨) 자네 같은 젊은이가 그렇게 약골이라니 생각도 못한 일이지!

늙은 농부 나도 당신이 그렇게 셀 줄은 생각도 못한 일이라구, 이프레임. (또다시 웃음소리)

캐 봇 (갑자기 싱긋하게 웃으며) 나야 세지—굉장히 강하다구—사람들이야 그걸 모른다니까. (바이올린 악사를 돌아보며) 젠장, 신나게 켜라구! 춤출 만한 걸 하라니까! 좀 긁어대란 말이다! 뭔가, 장식품이야? 이건 잔치마당이 아닌가? 팔꿈치에 기름기가 돌게 긁어!

악 사 (늙은 농부가 건네준 술잔을 받아서 내려놓는다.) 자, 시작합니다요!

악사, 〈호수의 여인〉을 연주하기 시작한다. 네 명의 청년과 네 명의 처녀가 두 줄로 서서 스퀘어 댄스를 춘다. 음악의 리듬에 말을 맞춰 동작의 변형을 크게 소리 질러 지시한다. 그리고 때때로 춤꾼들에게 익살맞은 농을 건다. 벽가에 앉아 있는 사람들도 음악에 맞추어 다 같이 발을 구르고 손뼉을 친다. 특히 활발한 것은 캐봇이다. 오직 애비만이 무감각하다. 마치 조용한 방에 혼자 있는 것처럼 문을 응시하고 있다.

악 사 상대를 오른쪽으로 돌려! 잘했어, 짐! 자, 여자를 껴안아! 엄마가 안 본다구! (웃음) 파트너 바꾸기! 괜찮지, 에씨, 루브가 앞에 와 있잖아? 그널 보라구, 얼굴이 새빨갛잖아? 아무렴, 인생은 짧고 사랑도 짧으니 사랑을 해야지. 사람이 가라사대 그 말씀이 옳으시다마다요. (웃음소리)

캐 봇 (흥분해서, 발을 구르며) 그래 잘한다, 젊은이들! 잘한다, 아가씨들!

악 사 (다른 사람들한테 윙크를 하고) 일흔여섯에 아저씨같이 기운에 찬 분은 처음 봐요, 이프레임 영감! 보는 눈에 문제가 있습니다만요……! (억누른 웃음. 그는 캐봇에게 대꾸할 기회를 주지 않고 호령한다.) 행진! 사라는 교회의 신부같이 걷는다! 자아, 인생이 있으면 희망이 있다더라. 상대를 왼쪽으로 돌려! 저런, 신났다, 조니 쿡을 봐라, 높이 뛰고 난다! 저러다간 내일 밭가는 일은 곰들게 생겼다. (웃음)

캐 봇 계속해, 계속!

그러다 갑자기 더 이상 참을 수 없다는 듯 춤추는 캐봇은 사람들 한가운데로 거드름 피며 뛰어들어가 험하게 팔을 휘둘러 사람들을 흩뜨려 놓는다.

캐 봇 너희들 말이다! 저리 비켜! 여길 비어 놔! 내가 춤을 가르쳐 주지. 모두 형편없단 말이야.

　　캐봇, 사람들을 거칠게 밀어낸다. 그들은 벽으로 밀려나 투덜대면서 원망스럽게 그를 쳐다본다.

악 사 (희롱조로) 해봐요, 영감나리! 하라구요!

　　그는 민요곡 〈깡충 뛴다, 족제비가 가다〉를 시작한다. 한 절마다 템포를 빨리 해서 끝내는 광란하듯 최고 속도로 켜댄다.

　　캐봇, 춤을 추기 시작한다. 춤도 썩 잘 추지만 기운이 넘치는 춤이다. 그러다가 즉흥의 동작을 넣기 시작하여 생각지도 않는 괴기한 모습으로 춤을 추다가 펄쩍 뛰어 발꿈치를 부딪치기도 하고 인디언의 전쟁 춤같이 몸을 구부려 원을 그리며 뛰어다닌다. 그러다가 갑자기 몸을 펴고, 두 발로 되도록 높이 뛰어 차기도 한다. 그는 마치 줄 타는 원숭이 같다. 색다른 춤을 추는 동안에도 내내 소리를 지르고 조소 어린 푸념을 해댄다.

캐 봇 봐라! 이것이 춤이란 거다! 자, 보라구! 바로 일흔
여섯이다! 쇳덩이 몸이다! 나는 늘 그렇다, 젊은
놈들이야 내가 해대고말고! 날 봐! 내가 백 살이
되면 생일잔치 무도회에 부르겠다. 너희들이 살
아만 있다면 말이지! 모두가 약골들! 네놈들 심장
은 빨간색이 아냐. 희미한 분홍색이란 말이야! 혈
관은 진흙과 물이 꽉 찼다! 이 동네에선 사나이는
나뿐이란 말이다, 암! 봐! 난 인디언이다! 너희들
이 태어나기 전에 서부에서 인디언들을 죽인 거
다─머리껍질도 벗겼고! 내 등엔 화살 맞은 상처
가 있다. 보여줄까! 온 부족이 날 쫓았지. 그러나
내가 더 힘껏 달렸어─그런데 화살이 꽂힌 거야!
그래서 내가 앙갚음을 해주었지. 하나를 열 배로
갚는 거야, 그게 내 좌우명이지! 자, 나를 봐! 천장
도 차버려! 으아얏!

악 사 (연주를 멈추고─지쳐서) 아이고, 더 못 해. 악마 같은
기운이 바로 그거요.

캐 봇 (기분 좋아서) 항복했는가, 자네도? 좋았어, 멋지게
연주했다. 한잔 해.

　　자기와 악사의 잔에 위스키를 붓는다. 두 사람, 마신다. 다
른 사람들은 냉담한 적의에 찬 시선으로 말없이 캐봇을 본다.
죽은 듯 고요. 악사는 쉰다. 캐봇은 술통에 기대어, 헐떡거리

며 혼란스런 표정으로 주변을 흘겨본다. 2층 방에서는 에벤이 일어나 발끝으로 뒷문으로 나가 곧 옆방의 침실에 나타난다. 소리를 내지 않도록 겁을 먹은 것처럼 조용히 요람으로 다가가서 선 채로 아기를 내려다본다. 그의 반응이 혼돈되어 얼굴 표정은 분명치는 않으나 부드러움과 관심을 가질 만한 발견에 흥미를 가진 것 같다. 그가 요람에 간 것과 같은 순간에 애비도 무엇인가를 느낀 것 같다. 그녀, 힘없이 일어나 캐봇에게 간다.

애　비　아기한테 가겠어요.

캐　봇　(진심으로 걱정이 돼서) 계단 올라갈 수 있소? 내가 부축해 줄까, 애비?

애　비　아뇨, 괜찮아요. 곧 돌아올게요.

캐　봇　몸이 지치면 안 돼! 그놈은 당신이 없으면 큰일 나지—우리들 아들이니 말이야!

　　캐봇, 애정에 차서 싱긋 웃으며 아내의 등을 쓰다듬는다. 애비, 소름끼쳐 몸을 움츠린다.

애　비　(멍하게) 손대지—말아요. 올라갈게요—2층으로.

　　그녀, 간다. 캐봇, 그녀의 뒷모습을 본다. 여기저기서 수군대는 소리. 캐봇, 돌아본다. 방 안에 수군대는 소리가 돈다. 캐

봇, 돌아선다. 소리가 그친다. 캐봇은 줄줄 흐르는 이마의 땀
을 훔친다. 헐떡거리며 숨을 쉰다.

캐 봇 밖에 나가 시원한 공기 좀 마셔야겠다. 현기증이
좀 나는군. 자, 켜라고! 모두 춤을 추고! 여기 술
이 있으니까 실컷 퍼마셔. 실컷 놀라구. 곧 돌아
올 거야. (나가서 문을 닫는다.)

악 사 (빈정거리며) 우리 때문이라면 서둘러 올 것 없다구
요! (억누른 웃음. 애비의 흉내를 내며) 에벤은 어디 있
어요? (더욱 큰 웃음소리)

한 여자 (큰 소리로) 이 집에서 일어난 일은 확실한 거야,
얼굴에 코가 있는 것만큼이나!

애비, 2층 문간에 나타나 에벤을 보고 놀라 애정 어린 눈으
로 바라보지만 에벤은 그녀를 보지 못하고 있다.

한 남자 쉿! 문에서 듣고 있을지도 몰라. 영감이 하는 짓
이 그렇다구.

그들의 목소리가 낮추어져, 긴장한 속삭임으로 바뀐다. 그
들의 얼굴은 소문에 집중하는 것 같다. 가랑잎이 바람에 날리
는 소리가 방 안에 난다. 캐봇이 발코니에서 밖으로 나와 문옆
에 기대서서 껌뻑거리는 눈으로 하늘을 올려다본다. 애비, 조

용히 방을 가로질러 간다. 에벤은 그녀가 아주 가까이 올 때까지 깨닫지 못한다.

에 벤 (놀라며) 애비!

애 비 쉿! (두 팔을 벌리며 남자를 껴안는다. 둘은 키스―그리고
        몸을 굽혀 같이 갓난아기를 내려다본다.) 예쁘지? 당신을
        꼭 닮았어!

에 벤 (기뻐서) 그래? 나는 잘 모르겠지만.

애 비 꼭 같다니까!

에 벤 (이맛살을 찌푸리며) 그게 싫다구. 내 것을 아버지의
        것으로 해줘야 하다니 말야. 평생 이렇게 기다려
        야만 했단 말이야. 참는 것도 한이 있다구!

애 비 (그의 입술에 손가락을 대고) 우린 최선을 다하고 있는
        거야. 기다려야 해. 무슨 수가 생길 거야. (두 팔로
        그를 안으며) 난 내려가 봐야 해.

에 벤 난 밖으로 나가. 깡깡이 소리가 안 나나, 웃음소리
        가 나지 않나 참을 수가 없어.

애 비 속 썩이지 마. 내가 사랑한다고, 에벤. 키스해 줘.
        (그가 그녀에게 키스한다. 서로 포옹하고 있다.)

캐 봇 (문에서, 혼란한 기분으로) 깡깡이 소리도 그놈을 쫓아
        낼 수가 없구나―무언가가―느릅나무에서 떨어
        져 지붕에 기어 올라가 굴뚝을 타고 살금살금 내
        려와서는 방의 구석구석까지 들추고 다니는 것

같단 말이다! 집 안은 편하지가 않아. 같이는 살
아도 쉴 수가 없어. 늘 뭔가가 함께 살고 있는 것
같아. (깊은 한숨을 쉬고) 외양간에 가서 잠시 쉬어야
겠다. (서운하게 외양간으로 간다.)

악 사 (바이올린을 조율하면서) 늙은 돼지가 바보 노릇 당하
는 걸 축하들 해요! 영감이 나갔으니까 이제 우리
가 한바탕 신이 날 거요. (〈밀짚모자 쓴 칠면조〉를 켜기
시작한다. 이번에야 말로 정말 유쾌한 판이다. 젊은 사람들
이 일어나서 춤을 춘다.)

- 막 -

제 2 장

반시간 후—집 바깥—에벤이 대문간에 서서 하늘을 바라보고 있다. 그의 얼굴에는 어찌해야 좋을지 모르는 말 못 할 고뇌의 표정이 떠올라 있다. 캐봇, 외양간으로부터 지친 듯이 눈을 땅에 떨구며 돌아오고 있다. 에벤을 보자 기분이 돌변한다. 흥분하고 잔인해지면서 승리감에 찬 징그러운 웃음이 입가에 떠오른다. 성큼성큼 걸어가서 에벤의 등짝을 툭 친다. 바이올린 소리와 쿵쿵 발 구르는 소리. 그리고 웃음소리가 들려온다.

캐 봇 흥, 여기 있었구나!

에 벤 (깜짝 놀라며, 한순간 증오의 시선으로 그를 노려본다—그러다가 멍하니) 그래요.

캐 봇 (놀리듯 그를 훑어보며) 왜 안에서 춤을 추지 않느냐? 모두들 너를 찾고 있더라.

에 벤 마음대로 찾으라죠!

캐 봇 예쁜 처녀도 많이 왔다.

에 벤 그까짓 년들이야!

캐 봇 그중에서 하나 골라서 장가가렴.

에 벤 아무한테나 장가 안 가요.

캐 봇 그렇게 해야 농장의 한몫을 얻을 거 아니냐?

에 벤 (비웃으며) 아버지처럼요? 난 그런 짓 안 해요.

캐 봇 (쿡 찔려서) 거짓말을! 네 어미의 집 사람들이 나한 테서 농장을 훔치려고 했다.

에 벤 다른 사람 말은 그렇지 않아요. (잠시 후―도전적으로) 어쨌든 나도 농장이 있다고요.

캐 봇 (비웃으며) 어디에?

에 벤 (한 발로 땅을 밟으며) 여기요!

캐 봇 (고개를 뒤로 젖히고 거칠게 웃는다.) 하하! 네 것이라 구? 거 참, 그럴 듯하다!

에 벤 (자기 자신을 억제하며―모질게) 두고 봐요!

캐 봇 (에벤의 속셈을 알려고 의심스럽게 그를 응시한다―사이―경멸하며, 자신감에 차서) 오냐, 두고 보지. 너도 두고 봐야 할걸. 너 눈이 멀었구나―땅속의 두더지처럼 멀었단 말이다. (에벤이 갑자기 짧게 '핫'하고 냉소적으로 한마디 짖으며 웃는다. 사이. 캐봇, 새롭게 생긴 의심으로 그를 응시한다.) '핫'이 어떻다는 거냐? (에벤, 답하지 않고 고개를 돌린다. 캐봇, 화가 치민다.) 고얀 놈, 병신 등신 인 숙맥! 네놈의 골통 속엔 헛소리만 가득 찬―빈 술통 같다! (에벤, 못들은 척한다. 캐봇, 점점 더 화가 치민다.) 네 농장! 잘 놀고 있다! 네가 바보가 아니라면

이 농장의 막대기나 돌멩이 하나라도 네 것이 되
지 않는다는 걸 알아야 해. 특히 지금은 아이까지
태어났단 말이다. 이건 그 애 거다, 알겠느냐―내
가 죽으면 그 애 것이 된다―허나 나는 백 살까지
살 것이야―너희들 골탕 좀 먹으란 말이다―그때
쯤이면 그 애도 자라서―네 나이 꼴이 된다!

에벤, 또다시 '핫'하고 냉소적으로 웃는다. 이 바람에 캐봇은
분통이 터진다.

캐 봇 '핫'이라니? 어떻게 하든 땅을 차지한다고 생각해?
이놈, 이 농장은 애비 것이 된단 말이다―애비가
네 멋대로 되지는 않을 거다―네 속임수를 빤히
알고 있다구―너 따위는 어림도 없어. 애비는 농
장을 갖고 싶어한다마는―네가 걱정거리였다―
애비를 네 편으로 만들려고 사랑한다는 등 수작
을 걸어왔다고 하더라……. 이놈, 이 미친 머저리
야! (위협하듯이 주먹을 꽉 쥐고 들어올린다.)

에 벤 (홧김으로 입이 막힌 채 그와 맞서고 있다.) 거짓말이야,
늙은 주책바가지! 애비는 그런 말 한 일 없다구!

캐 봇 (에벤이 심하게 충격받은 것을 보고 바로 승리감에 차서) 말
했다마다. 그래서 내가 네놈의 대갈통을 느릅나
무 꼭대기에 날려버린다구 했지―하지만 애비가

말렸어. 그건 안 된다고, 일을 거들 사람이 없으니 약은 수를 써야 한다고 하면서—그리고는 아들을 새로 낳자고 했다—우린 충분히 할 수 있다고 하면서. 그래 내가 말해줬다. 아들만 낳는다면 애비가 마음먹은 건 뭐든지 다 해주겠다고. 애비 말이—내가 죽으면 너를 여기서 내쫓아야 이 농장이 자기 것이 된다는 거다! (몹시 만족한 듯) 그래서 그렇게 됐단 말이다, 알겠느냐? 그러니까 농장은 애비 것이 되고! 도로의 먼지야 말로—네 것이 되고! 자, 하! 이젠 내가 웃을 차례다!

에 벤 (슬픔과 노여움으로 돌처럼 굳어져서 듣고 있다가—갑자기 거칠게 웃으며 더듬더듬 말한다.) 하하하! 결국 그것이 그 여자의 술책이었군—처음부터 말이지—처음부터 내가 의심했던 그대로야—결국 그랬었군—나까지도 말이야! (미친 듯이) 그년, 죽여버리겠다! (발코니 쪽으로 뛴다. 그러나 캐봇이 보다 빠르게 중간에 막아선다.)

캐 봇 무슨 짓이야!

에 벤 비키란 말요!

에벤, 캐봇을 옆으로 밀치려고 한다. 서로 움켜쥐고 밀다가 바로 살기어린 싸움판이 된다. 에벤은 노인의 필사적인 힘에 당해내지 못한다. 캐봇이 한 손으로 아들의 목을 잡고 돌담으

로 밀어 붙인다. 그때 애비가 발코니에 나온다. 외침 소리를
내며 두 사람 쪽으로 달려온다.

애 비 에벤! 이프레임! (에벤의 목을 조르고 있는 손을 세게 당
긴다.) 놔요, 이프레임! 에벤을 죽이겠어요!

캐봇, 손을 떼고 에벤을 옆으로, 잔디 위로 밀어 던진다. 에
벤은 숨을 몰아쉬며 헐떡이고 있다. 애비는 소리를 지르며 에
벤 옆에 무릎을 꿇고, 자기의 무릎 위에 에벤의 머리를 올리려
고 하지만 그는 그녀를 밀어낸다. 캐봇은 커다란 승리감에 차
서 이들을 내려다보고 있다.

캐 봇 걱정할 것 없어, 애비. 죽이려고 한 건 아니야. 죽
일 것도 없는 놈이야—염병할 놈 같으니! (점점 더
승리감에 사로잡혀) 이쪽은 일흔여섯인데, 저놈은 서
른도 안 된 놈이잖아—그런데 제 애비를 우습게 여
기다가 당하는 꼴 좀 봤지! 천만에다, 내가 그리 만
만하진 않아! 2층에 있는 저 애는 나처럼 단단하게
키울 거다! (그들을 남겨두고 돌아선다.) 들어가 춤이나
추겠다—신나게 노래도 부르고! (발코니 쪽으로 걸어
간다—그리고는 싱긋 웃으며 돌아선다.) 그 녀석 내가 기
운이라곤 없는 줄 알지만 만일 귀찮게 굴면 크게
소리를 지르라고. 당장 달려와서 그놈을 무릎에 올

려놓고 엉덩이에 회초리질을 해줄 거다! 하하하!

　　캐봇, 웃으며 집 안으로 들어간다. 곧 큰 소리로 "와"하고 외치는 그의 소리가 들려온다.

애　비　(부드럽게) 에벤! 어디 다쳤어?

　　애비, 그에게 키스하려고 하지만, 에벤은 험하게 밀어버리고 앉아 보려고 몸부림친다.

에　벤　(헐떡이며) 지옥에—꺼져버려!

애　비　(자기의 귀를 믿지 못해) 나야, 에벤—애비야—난 줄 모르는 거야?

에　벤　(증오스럽다는 듯이 상을 찡그리며) 응—알아—이제야! (갑자기 심신이 무너지듯 힘없이 운다.)

애　비　(겁이 나서) 에벤—무슨 일이 있었어—왜 그런 눈으로 날 보는 거야? 꼭 날 미워하는 것 같아.

에　벤　(흐느끼며, 헐떡거리면서, 사납게) 밉고말고! 창녀야— 협잡꾼 창녀라구!

애　비　(겁이 나서 움츠린다) 에벤! 무슨 말을 하는 건지 알고 있는 거야?

에　벤　(흔들흔들 일어서며, 그녀에게 가까이 가서—비난하듯) 당신은 더러운 거짓말쟁이야! 처음 만났을 때부터

밤이나 낮이나—거짓말로만 일관한다구. 늘 날
사랑한다고 하면서…….

애 비 (미친 듯이) 사랑한단 말야! (그의 손을 잡지만 그는 뿌리
　　　친다.)

에 벤 (당돌하게) 당신은 날 가지고 놀았어—더러운 숙맥
　　　바보로 말야—작심을 하고서! 처음부터 살짝 들
　　　어와서는 도둑질을 꾸며서 하는 거야. 그리고는
　　　나를 끌어들여—함께 잔 것은 아들을 낳기 위해서
　　　였고, 그걸 아버지에게는 자기의 자식이라고 생각
　　　하게 하고, 그리고 약속을 받아냈지. 아들이 생기
　　　면 농장을 준다, 그리고 나는 먼지나 처마시라고!
　　　(고민에 쌓여 어쩔 줄 모르는 눈으로 애비를 바라본다.) 당
　　　신 속은 악마로 찼어! 인간이라면 어찌 그렇게 고
　　　약할 수가 있단 말인가!

애 비 (어리벙벙하여—멍청하게) 그 사람이 그런 말을 했어
　　　……?

에 벤 사실이 아니란 말야? 거짓말은 안 통해!

애 비 (탄원하듯이) 에벤, 들어봐—꼭 들어야 해. 그건 오
　　　래 전의 일이야—우리 둘이 아무 일도 없을 때
　　　야—날 욕한 적이 있었지—미니를 만나러 갈 때
　　　말야—그때도 난 당신을 사랑했어—그래서 앙갚
　　　음을 한다고 아버지에게 그렇게 말한 거야!

에 벤 (귀담아 듣지도 않고 고통에 차 열이 나서) 차라리 당신

이 죽었으면 좋겠어! 이런 일이 생기기 전에 나도 같이 죽었으면 좋았을 거다! (화가 나서) 하지만 나도 복수하겠어! 죽은 어머니가 돌아와서 날 도와달라고 기도드릴 거야—당신하고 영감 놈에게 저주를 내려주도록 말이야!

애 비 (띄엄띄엄) 그러지 마, 에벤! 그러지 말래도! (애비, 그의 앞에 몸을 던져 무릎을 꿇고 운다.) 당신한테 나쁘게 할 생각이 아니었어! 용서해 줘, 응?

에 벤 (못 들은 것같이—격하게) 늙은 똥돼지 놈에게 보복을 해주겠다—당신에게도 말야! 그렇게 자랑하는 아들에 대한 진상을 말해 주겠어! 그리고 난 이곳을 나갈 테니 둘은 서로 원수 삼아 살아보라구—어머니에겐 밤마다 무덤에서 나오시게 하는 거지…….. 난 캘리포니아의 금광 땅에 갈 거야—심과 피터가 있는 곳 말야…….

애 비 (공포에 휩싸여) 아니—날 버리고? 안 돼!

에 벤 (격하게, 단정적으로) 난 갈 거야, 간다는데도! 가서 부자가 되어 돌아오는 거야, 늙은 놈이 훔쳐간 농장을 놈과 싸워서 되찾는 거야—그리고 당신들 둘의 궁둥이를 차서 길거리로 쫓아내는 거지—둘은 거지꼴로 숲에서 잠이나 자게 될 거다. 아들 놈도 같이 가는 거야—굶다가 죽는 거야! (끝무렵은 신경질적인 모습이다.)

애 비 (몸서리를 치면서—겸손하게) 그 애는 자기 아들이잖
        아, 에벤.

에 벤 (고통스럽게) 그 애가 태어나지 않았으면 좋았어!
        지금 당장 죽어버리면 좋겠다! 그 애를 보지 않았
        어야지! 그 애 탓이야—당신이 그 애를 낳았다
        구—농장을 훔치려는 심보야—그것이 모든 걸 변
        하게 했다구!

애 비 (상냥하게) 에벤, 내가 당신을 사랑한 것을 믿었
        어—그 애가 태어나기 전에 말야?

에 벤 그랬어—멍텅구리 황소 새끼처럼!

애 비 그런데 지금은 더 이상 믿지 않는 거야?

에 벤 거짓말쟁이 도둑을 믿으라구, 하!

애 비 (몸서리친다—그리고는 공손하게) 전에는 정말로 날 사
        랑했었지?

에 벤 (띄엄띄엄) 그랬어—그런데 속아 넘어간 거지!

애 비 이젠 더 이상 날 사랑하지 않는다고!

에 벤 (격해서) 증오하고 있어, 알겠어!

애 비 그래서 정말 서부로 갈 거야—나를 버리고—아이
        가 태어났다고 해서?

에 벤 내일 아침에 떠나—하늘이 쪼개져도 간다구.

애 비 (잠시 후—무서울 정도로 냉정하고 강력하게—천천히) 만
        일 아이가 태어났기 때문에 그런 거라면—그 애가
        당신의 사랑을 죽였다면—당신이 멀리 가버린다

면—오직 하나인 나의 기쁨—처음으로 찾은 단 하
나의 기쁨을—나에겐 천국 같은 것인데—천국보
다 더 순백한 사랑을—내게서 뺏어간다면—내가
그 애의 엄마지만, 나도 그 애가 미워 죽겠어!

에 벤 (쓰디쓰게) 거짓말! 당신은 그 애를 사랑하고 있어!
그 애가 바로 제 엄마를 위해 농장을 훔칠 거니까!
(띄엄띄엄) 하지만 농장은 별것이 아니야—아무 것
도 아니라구—당신이 날 농락한 거야—나를 속여
서 당신을 사랑하게 해놓고—날 사랑한다고 거짓
말이나 하고—이게 모두 농장을 훔치려고!

애 비 (산란해져서) 그 애가 훔치진 않아! 내가 먼저 죽여
버릴 거야! 당신을 사랑해! 증거를 보여주겠
어……!

에 벤 (거칠게) 더 이상 거짓말해야 소용 없어. 당신이 하
는 말은 듣지 않아! (외면하며) 다신 보지도 않을 거
야. 잘 있어!

애 비 (고통으로 창백해지며) 키스도 안 해줘? 한 번도—우
리가 사랑을 했는데도?

에 벤 (굳은 목소리로) 두 번 다시 키스하고 싶지 않아! 당
신을 만난 것을 잊고 싶을 뿐이야.

애 비 에벤! 그러면 안 돼—잠깐 기다려—할 얘기가 있
어…….

에 벤 집에 들어가 한잔 해야지. 춤도 추고.

애 비 (그의 팔에 매달리며—정열을 가다듬고 진심으로) 만일 내
가—우리 사이에 그 애가 태어나지 않았다고, 그
렇게 할 수 있다면—그리고 만일 당신에게서 훔칠
계획이 없었다는 걸 증명할 수 있다면—그래서 모
든 것이 그 애가 태어나기 전처럼 돼서 서로 사랑
하고 키스를 하고 행복했던 그때와 똑같게 될 수
있다면—만일 내가 그렇게 할 수만 있다면—다시
날 사랑해 줄 거지? 또 키스도 해주겠지? 나를 버
리지도 않겠지?

에 벤 (마음이 동해서) 그렇게 하지. (그리하여 그녀의 손을 자
기 팔에서 뿌리치며—쓸쓸하게 미소짓고) 그러나 당신은
신이 아니잖아?

애 비 (크게 기뻐하며) 약속했어, 잊지 말아! (그리하여 이상
한 충동으로) 나도 신이 하신 일 중 한 가지는 할 수
가 있어.

에 벤 (그녀를 살펴보며) 미친 거 아냐? (현관문으로 가며) 가
서 춤이나 추겠다.

애 비 (그의 뒤에다 열렬하게) 증거를 보이겠어! 무엇보다도
당신을 사랑한다는 증거를 보여줄 거야⋯⋯. (에
벤, 여자의 말을 듣지 않은 듯 문으로 들어간다. 그녀는 있던
자리에 선채로 에벤을 바라본다. 그 다음에 절망한 소리로
말을 끝낸다.) 어느 무엇보다도 당신을 사랑한다구!

- 막 -

제 3 장

아침, 동이 트기 조금 전—부엌과 캐봇의 침실이 보인다.

부엌 식탁 위에 수지양초가 켜져 있고, 에벤이 앉아서 두 손으로 턱을 괴고 있다. 일그러진 얼굴은 멍하고 아무런 표정도 없다. 여행용 손가방이 그의 발치에 놓여 있다. 침실에는 고래 기름 등잔의 불빛이 희미하게 켜져 있으며, 캐봇이 잠자고 있다. 애비가 요람 위로 몸을 굽혀 귀를 기울이고 있지만 그녀의 얼굴은 공포로 가득 차 있고 절망에 찬 승리감이 깔려 있다. 그녀는 갑자기 쓰러져 흐느껴 운다. 요람 옆에서 무릎을 꿇고 몸을 내던지려는데 그 순간 캐봇이 잠자면서 신음 소리를 내며 몸을 뒤척이자 그녀는 자신을 억제하며 겁난 몸짓으로 요람에서 물러나 재빨리 뒷문 쪽으로 나간다. 잠시 후 그녀는 부엌으로 들어가서 에벤에게로 달려가 그의 목을 껴안고 미친 듯이 키스한다. 에벤은 무감각하다. 움직이지 않고 냉정하다. 곧장 바라보고 있을 뿐이다.

애 비 (신경질적으로) 해치웠어, 에벤! 내가 한다고 했지!
당신을 사랑한다는 걸 증명한 거야—그러니까 더
이상 날 의심하지 마!

에 벤 (멍청하게) 무슨 일을 했든 이젠 소용 없어.

애 비 (거칠게) 그런 소리 하지 마! 키스해 줘, 에벤, 응?
내가 그런 짓을 했으니 키스를 해 줘! 날 사랑한다
고 말해줘!

에 벤 (감정 없이 키스한다—멍하게) 이것이 작별 인사야. 곧
떠난다구.

애 비 안 돼, 안 돼! 갈 수 없어—이젠 못 가!

에 벤 (자신의 생각만을 말한다.) 나도 쭉 생각해 봤어—아버
지한텐 아무 말도 하지 않겠어. 당신들한테 하는
복수는 어머니한테 맡기기로 하지. 아버지한테
말하면 그 늙은 돼지가 질이 고약하니 아이한테
무슨 분풀이를 할지 모르지. (그도 모르게 목소리는
애정을 품는다.) 아기한테 나쁜 일이 생겨서야 안 되
지. 죄야 어미에게 있지, 애는 잘못이 없어. (어떤
야릇한 자부심을 가지고 보태서 말한다.) 그 애는 나를
꼭 닮았어! 틀림없이 내 핏줄이야! 언젠가는 내가
돌아와서 말이야……!

애 비 (자신의 생각에 골몰해서 에벤의 말이 들리지 않는다—탄원
하듯이) 이젠 당신이 떠나야 할 이유가 없어졌어—
의미가 없어—모두가 전과 같아졌다고—우리 사

이를 가로 막는 건 이제는 없어졌어—내가 해치웠
으니까!

에 벤 (그녀의 하소연이 이상하여 그를 일깨워 준다. 그는 약간 그
녀를 응시한다.) 미치기라도 했나. 애비, 무슨 짓을
했어?

애 비 내가—내가 죽였어, 에벤.

에 벤 (당황하여) 죽였다구?

애 비 (멍하게) 그랬어.

에 벤 (놀래서 정신이 든다—격하여) 죽어야 마땅하지! 그렇
지만 바로 수를 써야 해. 늙은 돼지가 술에 빠져
자살한 것으로 꾸며야 돼. 아버지가 술망태라는
것은 어젯밤 손님들이 다 증명해 줄 수 있을 테니
까.

애 비 (광란하여) 아니, 아니야! 그 사람이 아니라고! (미친
사람처럼 웃어댄다.) 그래, 그랬으면 좋았을 텐데? 대
신 그 사람을 죽였어야 했는데 말이야! 왜 진작 그
말을 안 해줬어?

에 벤 (섬뜩하여) 대신이라니? 무슨 뜻이야?

애 비 그 사람이 아니야!

에 벤 (그의 얼굴이 파랗게 질린다) 설마—설마 갓난아기는
아니겠지!

애 비 (멍하니) 그래, 아기야!

에 벤 (얻어맞은 듯 무릎을 꿇으며 주저앉는다—목소리가 공포로

떨린다.) 오, 하나님 맙소사! 이럴 수가 있담! 어머
니, 어머닌 도대체 어디 있었어. 왜 막지 못한 거
야?

애 비 (단순히) 어머니는 우리가 처음 사랑한 날 무덤으
로 돌아가신 거야, 그렇지 않아? 그 후론 그 분을
잊고 있었어.

　　　사이. 에벤, 두 손에 머리를 묻는다. 학질에 걸린 듯 온몸을
덜덜 떨고 있다. 그녀, 멍청하게 말을 계속한다.

애 비 작은 얼굴 위에 베개를 놓았어. 그래서 아기가 죽
은 거야. 숨이 멈췄다고. (조그맣게 울기 시작한다.)

에 벤 (분노가 슬픔과 얽힌다.) 그 애는 날 닮았어. 내 핏줄
이었어, 염병할!

애 비 (천천히 띄엄띄엄) 난 하고 싶지 않아. 그 짓을 한
내가 미워. 그 애를 사랑했어. 그렇게 예뻤는데—
당신을 꼭 닮았어. 그렇지만 난 당신을 더 사랑했
어—그런데 당신은 가버린댔어—두 번 다시 당신
을 보지 못할 먼 곳으로 말야. 두 번 다시 키스도
못 하고, 두 번 다시 안아 주지도 못하는 먼 곳 말
이야. 그건 당신이 그 애가 생겼기 때문에 내가 싫
어졌다고 했어—당신은 그 애 같은 건 싫고 죽어
버렸으면 좋겠다고 했어—그 애만 태어나지 않았

으면 예전과 같은 사이가 될 수 있다고 했으면서.

에 벤 (이 말에 더 이상 참을 수가 없게 되어 분함 속에 벌떡 일어나, 그녀를 위협하듯 벌벌 떨리는 손으로 그녀의 목을 조르려 하는 몸짓으로) 거짓말이야! 난 그런 말 안 했어— 당신이 그러리라고는 꿈에도 생각 못 했어. 그 애의 손가락 하나 다치느니 차라리 내 목을 자르겠다!

애 비 (애처롭게, 무릎을 꿇으며) 에벤, 그렇게 날 보지 마— 미워하지 말아줘—다 당신을 위해서 한 짓이야— 우릴 위해서야—다시 행복해질 수 있어—.

에 벤 (격분해서) 닥쳐! 아니면 죽여버릴 테다! 이제 당신의 수법을 알았어—똑같이 살금살금 수를 쓰다니—자기가 저지른 살인죄를 나한테 뒤집어씌우려고 하는 거지?

애 비 (신음하며—두 손으로 귀를 막고) 그만해, 에벤! 그만둬! (그의 두 다리를 움켜잡는다.)

에 벤 (갑자기 공포의 심정으로 변해가며, 여자로부터 뒷걸음질친다.) 손대지 마! 독종 같으니! 그럴 수가 있나—그 불쌍한 어린 것을 죽이다니. 혼을 지옥에다 팔아넘겼어! (갑자기 분노가 치밀어) 하! 왜 그런 짓을 했는지 알겠어! 방금 한 말은 다 거짓말이야—또다시 훔쳐내려는 거야—나한테 남아 있는 마지막 것을—그 애가 가진 바로 내 것을 말야—아니, 그 애

모두가 내 것이지—그 애는 날 닮았어—애가 몽땅
내 것이라는 걸 알았기 때문에—그걸 넌 참을 수
없었던 거야—널 안다구! 그 애가 내 것이니까 죽
였어! (이렇게 말하는 사이에 그는 거의 정신이 나간 상태
다. 그는 그녀를 지나 문 쪽으로 달려간다. 다시 돌아선다—
여자를 향해 두 주먹을 흔들며 격렬하게) 이젠 내가 복수
할 차례다. 보안관 불러올 거다! 무엇이든지 다
말해줄 거야! 그리고는 노래할 거야. "캘리포니아
로 간다!"를 부르며 가는 거지—황금이 있는—금
문만—황금의 태양—금광이 있는 서부로!

이 마지막 말을 그는 반은 부르짖고, 반은 중얼거린다. 그리
고는 갑자기 정열에 차서 말을 멈춘다.

에 벤 보안관을 데려와서 너를 잡아가게 할 거다! 자, 너
는 끌려가는 거다. 갇히는 거야. 나에게서도 떨어
져 나가는 거라구! 그 얼굴은 보기도 싫다! 살인
자요, 도둑이다—그런데도 날 유혹해? 보안관에
게 넘길 수밖에 없어.

에벤, 돌아서 뛰어나간다. 헐떡이며 흐느껴 울며 집 모퉁이
를 돌아 한길로 나가 몸을 앞으로 휜 채 전속력으로 달려간다.

애　비 (겨우 일어나 문으로 달려가 그의 뒤에서 부르짖는다.) 사
랑해, 에벤! 사랑한다구! (문 옆에 힘없이 멈춰 선다.
흔들거리며 쓰러질 것만 같다.) 무슨 일을 해도 상관없
어—날 다시 사랑만 해준다면! (그녀, 기절하여 힘없
이 바닥에 쓰러진다.)

- 막 -

제 4 장

약 한 시간 후. 제3장과 같음. 부엌과 캐봇의 침실이 보인다. 동이 튼 다음에 하늘은 해돋이로 찬란하다.

부엌에서는 애비가 식탁에 앉아 있다. 피로감에 지쳐 온몸이 축 늘어진 채로. 두 팔에 머리를 묻고 있으며 얼굴은 보이지 않는다. 2층에서는 캐봇이 아직도 자고 있다. 그러다가 잠에서 깨어 벌떡 일어난다. 그는 창 쪽을 보더니 놀라움과 짜증이 난 듯 코를 씩씩거린다―이불을 젖혀 놓고 급하게 옷을 입는다. 애비가 옆에 있는 줄 알고 뒤를 보지도 않으면서 이야기를 시작한다.

캐 봇　큰일 날 짓을 했군, 애비! 50년 동안 이렇게 늦잠 잔 일이 없는데! 해님이 다 떠올랐나 봐. 술 마시고 춤추고 하였으니 그렇지. 나도 늙은 거야! 에벤은 일하러 갔겠지. 날 좀 깨워 주었으면 좋았는데, 애비. (돌아본다―아무도 없다―놀라서) 아니―어

디 갔어? 아침 준비를 하고 있나. (뒤꿈치를 들고 요
람으로 가서 들여다본다—자랑스럽게) 잘 잤느냐, 아가
야. 그림같이 예쁘다! 곤히 자는군. 다른 애들처
럼 밤새도록 보채지도 않으니. (조용히 뒤쪽 문으로
나간다—잠시 후 부엌으로 들어온다—애비를 본다—만족하
여) 그래 여기 있었군. 아침 준비를 했어?

애 비 (움직이지 않고) 아뇨.

캐 봇 (그녀에게 와서 걱정을 하며) 어디 아픈 거야?

애 비 아뇨.

캐 봇 (아내의 어깨를 톡톡 친다. 그녀, 몸서리친다.) 좀 누워 있
지그래. (반농담조로) 아기가 곧 찾을걸. 곤히 자고
있지만, 몹시 배고파 깨어날걸.

애 비 (몸서리치고—그러더니 죽은 듯한 목소리로) 절대로 깨지
않을 거예요.

캐 봇 (농담으로) 오늘 아침엔 날 닮은 거야. 이렇게 늦잠
잔 일이 없었는데…….

애 비 아긴 죽었어요.

캐 봇 (그녀를 응시한다—당황해서) 무슨 소리야…….

애 비 내가 죽였다고요.

캐 봇 (그녀에게서 물러서며—깜짝 놀라) 당신 취한 거야—
아니, 미친 거야—아니면……!

애 비 (갑자기 고개를 들고 그에게로 돌아선다—미친 듯이) 내가
죽였대도! 숨통을 막았어요. 믿지 못하거든 올라

가 봐요!

캐봇, 잠시 그녀를 노려보다가 뒷문으로 불쑥 나가고—계단을 뛰어올라가는 소리가 들린다—침실로 뛰어들어가 요람으로 쫓아간다. 애비, 먼저 자세로 생기 없이 허물어진다. 캐봇, 요람 속의 시체를 만져본다. 불안과 공포의 표정이 얼굴에 나타난다.

캐 봇 (뒷걸음친다—떨면서) 아니, 이럴 수가! 이럴 수가! (비틀거리며 문밖으로 나간다—잠시 후에 부엌으로 돌아온다. 여전히 망연자실한 표정을 하고—쉰 목소리로) **왜 그랬어? 왜?** (그녀가 대답을 하지 않자 그녀의 어깨를 난폭하게 쥐고 흔든다.) **왜 그랬느냐고 묻고 있다! 말을 해야 하잖아⋯⋯!**

애 비 (캐봇을 격하게 밀어젖혀, 그를 뒤로 비틀거리게 해놓고 벌떡 일어나—험악한 분노와 증오에 차서) **나한테 손대지 마! 그 아이의 일을 갖고 당신이 나한테 따질 권리가 어디 있단 말이오? 그 애는 당신의 아들이 아니란 말야! 내가 당신 아들을 낳았다고 생각하우? 그렇다면 차라리 내가 죽어버리지! 당신 같은 사람 보는 것도, 지나간 일도 다 싫다구! 내가 속이 깊었다면 당신을 죽였어야 했어! 난 당신을 증오해! 에벤을 사랑하고 있어. 처음부터 그랬어. 그**

리고 그 애는 에벤의 아들이야—나와 에벤의 아이
라니까—당신 애가 아니라구!

캐 봇 (어리둥절하게 그녀를 쳐다보며 서 있다. 사이. 겨우겨우 말
문을 연다—더듬거리며) 그랬나—내가 느꼈던 대로
야—방 구석구석까지 뭔가가 살피는 것 같았어.
네가 거짓말을 했어—나를 멀리 하노라고—벌써
임신했다고 하면서. (무너져 내린 듯 침묵에 빠진다—그
러다가 별다른 감정을 품고) 분명히 죽었어. 심장을 만
져 봤다. 불쌍한 아기! (눈을 깜빡여 나올려는 눈물을
멎게 하고, 소매로 코를 문지른다.)

애 비 (발작적으로) 그만해! 그만해요! (참지 못해 흐느껴 운
다.)

캐 봇 (혼신의 힘을 다하려 하니 온몸이 딱딱한 한 줄기 밧줄 모양
으로 경직되고 얼굴은 마스크 같이 굳어지고서—이를 악물고
혼잣말을 한다) 돌같이—마음먹어야지—바위처럼
억센 판단을 해야지! (사이. 곧 자신을 억제하고—엄하
게) 만일 에벤의 자식이라면 죽어서 잘 됐다! 아마
처음부터 쭉 수상했었다. 어딘가 수상쩍었단 말
야—어딘가—집 안이 쓸쓸하고—춥고—날 외양간
으로 몰아내고—들짐승 있는 곳으로 날 쫓았
어······. 그랬어. 수상했어—무언가가. 하여간—당
신이 날 통째로 농락하진 못했어—나도 나이든 가
락이 있으니까—무르익은 과실이지······. (자신이

곁길로 간 것을 깨닫고 다시 정신을 차려서 잔인하게 히죽 웃으며 애비를 본다.) 그럼 어린 것 대신에 날 죽이고 싶었다, 그거지? 어림없다, 난 백 살까지 살 거야! 그때까지 살아서 네가 교수형 당하는 꼴을 봐야지! 하느님과 법의 심판에 너를 인도해야지! 이제 보안관을 불러올 테다. (입구 쪽으로 가기 시작한다.)

애 비   (멍하니) 갈 것 없다구요. 에벤이 갔는걸.

캐 봇   (놀래서) 에벤이—보안관을 부르러 갔다?

애 비   그래요.

캐 봇   너를 고발하러?

애 비   그래요.

캐 봇   (이 일을 생각해본다—사이—그리고는 거친 목소리로) 그래, 내 수고를 덜어주려 갔다니 고마운 일이군. 난 일하러 가야지. (문간으로 간다—그리고는 돌아서서—이상한 감정에 사로잡힌 목소리로) 내 아들이었으면 좋았는데, 애비. 날 사랑했으면 좋았을 텐데. 나는 남자니까. 네가 날 사랑했더라면 난 보안관한테 가진 않았을 거야. 네가 무슨 짓을 했건 간에, 날 산 채로 불태워 죽인다고 해도 말야!

애 비   (방어하듯이) 그 사람이 간 건 당신이 모르는 이유가 또 있어요.

캐 봇   (냉담하게) 너 때문에 그랬다면 좋겠군. (나간다—대문 쪽으로 돌아와서—하늘을 바라본다. 긴장이 풀린다.)

(한순간 늙고 지쳐 보인다. 절망적으로 중얼거린다.) 이런, 젠장, 이렇게 쓸쓸한 건 처음이구나!

캐봇, 왼쪽으로부터 달려오는 발소리를 듣고 바로 원상태로 돌아간다. 에벤이 지쳐서 헐떡거리며 달려온다. 거친 눈초리에 미친 사람 같다. 비틀거리며 문으로 들어선다. 캐봇 그의 어깨를 꽉 잡는다. 에벤, 말없이 그를 본다.

캐 봇 보안관한테 말했느냐?

에 벤 (멍청하게 끄덕인다.) 그래요.

캐 봇 (에벤을 밀어서 그를 쓰러뜨린다—경멸의 웃음을 띠며) 잘 논다! 네 어미가 좋아할 만하다! (거칠게 웃으며 외양간으로 사라진다. 에벤, 겨우 일어선다. 갑자기 캐봇이 돌아본다—험상궂게 위협하는 투로) 보안관이 애비를 데려가면 너도 이 농장에서 당장 꺼져버려—안 그랬다간, 이놈아, 보안관이 다시 한 번 돌아와서 날 살인자로 잡아갈 거다!

캐봇, 성큼성큼 걸어서 나간다. 에벤은 그의 말을 들은 것 같지가 않다. 문간으로 달려가서 부엌으로 들어간다. 애비, 고민스러운 기쁨의 소리를 지르며 얼굴을 든다. 에벤, 비틀거리며 여자 옆에 몸을 내던져 무릎을 꿇는다. 풀이 죽어 흐느껴 운다.

에 벤 용서해 줘!

애 비 (행복한 듯) 에벤! (그에게 키스하고 자기 가슴에 그의 머리
를 끌어다가 껴안는다.)

에 벤 사랑한다구! 용서해 줘!

애 비 (황홀해서) 그 말만 해주면 어떤 죄라도 용서해 줄
거야!

애비, 그의 머리에 키스하고 그의 사랑을 차지했다는 격한
정열로 그의 머리를 끌어안는다.

에 벤 (말을 멈춰가며) 그런데 보안관한테 말해 버렸어. 곧
당신을 잡으러 올 거야!

애 비 괜찮아, 무슨 일이 일어나도 견뎌 낼 수 있어—이
젠!

에 벤 보안관이 자고 있는 걸 깨웠다구. 말해 버렸어.
그가 말하더군. "옷 입을 때까지 기다리라"고. 기
다렸지. 그 사이 당신 생각을 하게 된 거야. 얼마
나 당신을 사랑하는지 생각이 났어. 내 가슴속이,
머릿속이 터질 것같이 고통을 당했어. 나는 울었
어. 갑자기 알았어. 아직도 당신을 사랑하고 있
다, 그리고 언제까지나 사랑할 거다!

애 비 (그의 머리칼을 만지작거리며—부드럽게) 당신은 나의
것, 그렇지?

바로 캐봇이다. 굉장히 흥분한 상태로 외양간에서 돌아와 큰 걸음으로 집 안으로 들어와 부엌으로 들어간다. 에벤은 애비 옆에 무릎 꿇고, 둘이 서로 한쪽 팔로 안고 있다. 둘은 바로 앞을 응시하고 있다.

캐 봇 (굳은 표정으로, 두 사람을 빤히 본다. 긴 사이—앙심 깊게) 살인부부 치곤 멋들어진 한 쌍의 사랑잽이들이구나! 둘이 같은 나무에 매달려야지. 그리고 바람결에 흔들려 썩어빠지게 놔둬야 할 거다—그래야 나 같은 늙은 바보들에게 외로움을 견뎌 내야 한다는 경고가 될 거고—너희들 같은 젊은 바보들에겐 육욕을 삼가라는 경고가 된다. (사이. 얼굴에 흥분이 살아난다. 눈이 번쩍거리며 좀 미친 듯이 보인다.) 오늘은 일이 안 된다. 무슨 재미가 있어야지. 이제 농장도 저리 가라다! 나도 이곳을 떠날 거다! 소고 가축이고 다 풀어주었다! 산 속으로 쫓아서 자유롭게 살라는 거다! 그것들을 풀어주니 나도 자유롭다! 난 오늘 이곳을 떠난다! 집이고 외양간이고 모두 불 질러 타는 걸 볼 거야. 잿더미 속에 네 어미가 둔갑하여 나타나겠지. 밭을 하느님께 돌려드리는 거다. 그래서 다시는 인간이 손대지 못하게 말이다! 난 캘리포니아로 간다—시미언과 피터와 함께 있는 거다—놈들이 벙어리 바보라 해도

내 진짜 아들이야—캐봇 집안이 힘을 합쳐 솔로몬
의 광산을 찾는 거다! (갑자기 미친 듯이 뛰어 돌아다닌
다.) 와! 그 애들이 부른 노래가 뭐더라? "오, 캘리
포니아! 내가 살 고장." (노래를 부른다—그리고는 원래
돈을 숨겨 두었던 마루판 옆에 무릎을 꿇는다.) 최고의 쾌
속선을 타고 간다! 돈이 있다구! 너희들이 감춰둔
델 몰라서 훔치지 못한 것은 불쌍도 하다…….

캐봇, 마루판을 들어올린다. 꼼꼼히 들여다본다—다시 들여
다본다. 죽은 듯한 침묵의 사이. 캐봇, 천천히 돌아서서 마루
위에 털썩 주저앉아 버린다. 눈은 죽은 생선 눈과 같다. 얼굴
은 심한 멀미의 발작을 일으킨 것처럼 병적인 파란색이 된다.
고통스러운 듯 몇 번 침을 삼키고—마침내 가벼운 웃음을 무
리하게 짓는다.

캐 봇 흥—네가 훔쳤구나!

에 벤 (감정이 없이) 심과 피터에게 주고 농장 몫하고 바꾸
      었다구요—캘리포니아로 가는 뱃삯이 됐지.

캐 봇 (비꼬는 웃음) 하! (침착함을 회복한다. 천천히 일어나서—
      이상한 표정을 지으며) 하느님께서 그 녀석들에게 주
      신 거야—네가 준 게 아니고! 하느님은 손쉬운 분
      이 아니고 지엄하시다! 서부에서는 쉽게 금을 찾
      을지 모르지만 그건 하느님의 황금은 아니다. 난

그런 건 필요 없다. 난 하느님의 목소리를 듣고 있다. 마음을 단단히 먹고 이 농장에 남아 있으라고 하신다. 나에게는 하느님의 손이, 에벤을 시켜 훔치게 해 내가 허약한 자가 되지 않도록 하신 경고임을 알고 있다. 나는 하느님의 손바닥 안에 있다. 하느님의 손가락이 날 인도하시는 거다. (사이—그리고 비통하게 중얼거린다.) 이제는 이전보다 훨씬 쓸쓸해지겠지—자꾸만 늙어 간다—가지에서 익어서 떨어질 판이지……. (다시 경직되어) 흥—내가 무슨 소릴 하는 거지? 하느님께서도 외로우시지 않은가? 하느님께서는 엄하시고도 외로우시다!

사이. 왼쪽 길에서 보안관이 두 명의 부하를 거느리고 나타난다. 조심스럽게 현관문으로 간다. 보안관이 권총자루로 노크한다.

보안관 법의 이름으로 명한다, 문을 열어라! (안에 있는 사람들, 놀란다.)

캐 봇 너희 연놈들을 잡으러 온 거다. (뒤편 문으로 간다.) 들어와요, 짐! (세 남자, 들어온다. 캐봇, 문간에서 그들을 맞이한다.) 잠깐만 기다리오, 짐. 내가 꽉 잡아놨으니. (보안관, 끄덕인다. 그와 부하들, 문간에서 기다리고 있다.)

에 벤 (갑자기 외친다.) 짐, 오늘 아침에 내가 한 말 거짓말이오. 나도 도와서 한 일이었소. 애비가 한 일은 내가 도와준 거요. 나도 같이 데려가시오.

애 비 (말이 막히면서) 아니에요!

캐 봇 둘 다 데려가오. (앞으로 나온다—원한에 차 있으나 감탄을 하는 듯 에벤을 뚫어지게 바라본다.) 썩 잘했다—네놈 말이야! 자 그럼, 난 가축이나 다시 몰러 가겠다. 잘 가라.

에 벤 잘 있어요.

애 비 안녕히 계세요.

캐봇, 돌아서서, 보안관들 앞을 지나 성큼성큼 걸어 나간다—집 모퉁이를 돌아 나와서 어깨를 펴고 돌같이 굳은 표정을 짓고 꿋꿋하게 외양간 쪽으로 걸어간다. 그 사이에 보안관과 그의 부하들은 방 안에 들어온다.

보안관 (당황한 듯) 자—가야겠소.

애 비 잠깐만요. (에벤에게 돌아선다.) 사랑해, 에벤.

에 벤 사랑해, 애비!

그들, 키스한다. 보안관 일행은 싱긋 웃으며 거북하게 지척거린다. 에벤이 애비의 손을 잡는다. 그들, 뒷문으로 나간다.

세 남자들, 뒤따른다. 에벤과 애비, 집에서 나와 손에 손을 잡고 문까지 간다. 에벤, 문 앞에 서서 해가 돋는 하늘을 가리킨다.

에 벤 해가 뜨는군. 아름답지 않아?

애 비 응, 그래. (두 사람, 잠시 동안 이상스럽게도 초연하고 황홀하게 하늘을 우러러본다.)

보안관 (농장을 둘러보며 부러운 듯—동료들에게) 정말이지 멋진 농장이야. 내 것이었다면 얼마나 좋을까!

- 막 -

□ **작품 해설**

소유의 욕망과 갈등

— 〈느릅나무 밑의 욕망〉 —

갈등의 종착지

자연 속의 나무는 아름다움이나 평화스러움을 대변해 주는 고마운 존재다. 그러나 폭풍우 속에 비바람이 몰아쳐 큰 나무의 가지나 아름드리 나뭇잎이 소란하게 흔들리면 황량함과 공포의 대상이 될 수가 있다.

그런데 폭풍우도 없는 편안한 날에 느릅나무 밑의 캐봇 농가는 증오와 욕망이 교차하는 싸움터다.

그러나 이 연극에서 재산상의 욕망으로 치고받는 액션은 없다. 또 육욕적으로 에로틱한 장면도 없다. 캐봇이 에벤에게 가하는 기합이 있고, 에벤과 계모인 애비 사이의 키스, 포옹 등의 부도덕한 모자의 상관관계가 있으며 유아 살해까지 있으니 연극적인 흥분의 소지는 충분히 갖추고 있다.

이 연극에 세 사람의 주요한 등장인물이 있다. 강직한 노인인 아버지 캐봇은 청교도 신자로서 하느님의 계시를 표방

하며 고집불통의 근로 지상주의자다. 하느님의 뜻으로 돌더미 황야에 풍요한 농지를 가꾸고 돌로 담을 쌓아올려 가정과 농장의 울타리를 만들었다. 세 아들은 돌우리 속에서 노동에만 종사하는 생활양식을 강요당하여 캐봇은 그들의 증오의 대상이 된다. 셋째 아들인 에벤과 새 아내 애비는 농장과 집에 대한 소유 욕망에 불타고 있으며 서로 대립하는 적으로 알다가 육욕의 매력에 이끌려서 순수한 사랑을 하게 되는 부도덕한 모자의 사랑을 연출한다. 낭만적 로맨티시즘으로 보아서는 두 남녀가 주된 줄거리를 이룬다고 할 만하다.

그러나 극의 시종 줄거리의 가운데에 서서 욕망과 욕망의 대상인 토지·집·금·애정을 창출하고, 극을 진행하는 것은 캐봇이라는 고집불통의 청교도인 아버지다.

이미 캘리포니아로 금을 찾아서 나간 두 아들이나 남아 있는 캐봇과 새 아내 애비, 그리고 애비와 사랑을 맺은 셋째 아들 에벤 등, 이 모두의 소유욕의 대상인 농장과 집은 비록 아들들의 청춘을 희생한 노동의 도움은 있었으나 아버지 캐봇의 50년에 걸친 인생의 결정인 것이다. 유아를 살해한 애비와 공범자고, 공범자라고 자청하게 되는 에벤은 보안관에 신고 차 나간다. 그 전에 캐봇의 대사와 독백이 있다.

둘이 같은 나무에 매달려야지, 그리고 바람결에 흔들려 썩 어빠지게 놔둬야 할 거다—그래야 나 같은 늙은 바보들에게

외로움을 견뎌내야 한다는 경고가 될 거고—너희들 같은 젊은
바보들에겐 색욕을 삼가라는 경고가 된다.

　이 얼마나 쓰라리고 애절한 경구인지 모를 일이다. 그리
고 두 큰아들을 찾아 금광으로 가려던 생각을 고쳐먹고 "난
하느님의 목소리를 듣고 있다—마음을 단단히 먹고 이 농장
에 남아 있으라고 하신다. (중략) 이제는 이전보다 훨씬 쓸쓸
해지겠지—자꾸만 늙어 간다—가지에서 익어서 떨어질 판
이지……. 홍—내가 무슨 소릴 하는 거지? 하느님께서도 외
로우시지 않은가?" 에벤이 "나도 같이 데려가시오"라고 말
하자 캐봇은 "(원한에 차 있으나 감탄하는 듯 에벤을 뚫어지게 바라본
다.) 썩 잘했다—네놈 말이야! 자 그럼, 난 가축이나 다시 몰
러 가겠다. 잘 가라." 고집불통의 외골수 아버지 캐봇이 뜻
밖에도 원망 섞인 칭찬을 한다.
　에벤에게 "썩 잘한다—네놈 말이야"라고 한 것이다. 이 한
마디에 오닐은 의미를 함축한 것 같다. 청교도의 독실한 신
자인 캐봇이 종교적 양심에 따른 에벤의 행위라고 본 것이
고, 소유의 욕망으로 원수같이 된 부자지간이지만 에벤의
자기 고발의 정당한 처사에 대하여 아버지로서의 부성애가
잘했다고 어려운 말을 꺼낸 것이다. 명배우인 아버지와 피
아니스트인 어머니가 자랑할 만한 부모인데, 그 정을 받지
못하고 표박飄泊의 오랜 세월을 지낸 오닐은 특히 어머니,
여성에 대하여 갖는 정념情念은 어머니에 대한 사랑이고 에

벤은 그 사랑을 얻은 폭이 된 셈이다.

욕망이 교차하는 갈등의 원천을 만들고 그 가운데 서서 욕망의 싸움을 벌이다가 세 아들들과 새 아내를 모두 내보내는 캐봇은 바로 이 연극의 시종을 점지하고 있다. 본인은 분명히 캐봇이 이 연극의 주인공이라고 하고 싶다.

상연사史—초연 시의 반향

〈느릅나무 밑의 욕망〉은 1924년 11월 11일 뉴욕의 그리니치빌리지 극장에서 초연되었다. 로버트 존스Robert Jones가 무대장치와 연출을 맡았다. 관객의 반향이 대단히 좋았으며 조세프 우드 크러츠Joseph Wood Krutch 등의 비평가들이 호평하였으나, 매스컴의 반응은 시원치 못하였다. 그러나 관객의 호응으로 극이 2개월간 속연續演되는 큰 성공을 거두었고, 바로 브로드웨이로 진출하여 1925년 1월 12일부터 얼 카롤Earl Carol 극장에서 공연되었다.

그러나 이 극은 3개월 후에 뉴욕 지방 검사가 풍기를 해친다는 도덕상의 이유로 상연 중지를 요구하였다. 유아 살인·근친상간의 반도덕성을 지적하였으나, 연극비평가 등 지지자와 오닐의 동료들이 대항을 하였고, 검사는 민간의 재정 위원회에 해결을 요청하였다. 그러나 위원회는 공연 중지도 내용 수정도 필요 없다는 결론을 내려 오닐 지지자 측의 승리로 끝났다.

공연 금지의 파동을 겪었으나 동년 6월 1일 조지 M. 코한

George M. Cohan 극장으로, 그리고 최종 공연으로 9월 28일 댈리스 63번가 Daly's 63rd Street 극장으로 이동하여 1925년 10월 17일에 종연될 때까지 총 208회 공연을 가졌다. 그 후에도 공연과 공연 금지에 따른 문제는 계속되었다. 보스턴 공연에서는 시장의 상연 금지령이 내려졌고 런던에서는 상연이 금지되었다. 1926년 로스앤젤레스에서의 순회공연이 외설이라는 이유로 금지되고 배우 전원이 구류되고 재판에 회부된 바 있다. 그 후에 오랫동안 공연이 안 되었는데 이러한 풍파가 원인이 된 듯하다. 그러나 1952년의 재공연은 호평을 받아 이 작품의 진가가 다시 인식되었다.

우리나라 도입—첫 소개 및 초연

유진 오닐의 〈느릅나무 밑의 욕망〉을 우리나라에 처음 소개한 사람은 평론가요, 극작가요, 연출가인 김우진이며 〈현대 구미극작가 소개〉(시대일보 1926. 5. 30~6. 28)에서 가장 예리하게 오닐에 대하여 분석·비판한 바 있다. 그는 오닐을 입센, 쇼, 톨러 등과 비교하여 통찰력이 없으며 모방만 일삼는 독창성이 부족한 작가라고 평가절하 하였으며, 비록 오닐이 뛰어난 극작가로서 세계에 널리 알려지기 시작한 것은 사실이지만 입센이나 쇼, 체홉 등이 세계 연극에 기여한 것 같은 아무 혁명적 공헌은 하지 못했다고 비판하였다. 그러나 〈안나 크리스티〉와 〈느릅나무 밑의 욕망〉은 극의 구성과 인물상이 탁월하다고 호평을 하였다.

그러나 이 작품이 연극으로서 초연된 것은 훨씬 늦다. 일찍이 조세프 우드 크러츠는 〈느릅나무 밑의 욕망〉에 대해 "인간과 인간의 정열이 야기시키는 영원한 비극"이라고 평가하였는데, 이 극이 인간의 영원한 비극이고 인간의 혼의 황량한 정열을 그려내며 희생과 파국으로 끌고 가는 박진감이 6.25 사변 후의 한국의 비극을 겪는 대중에게 처음으로 공연된 것이 1955년이다. 극단 '신협'이 1955년 12월 2일서부터 6일까지 제39회 대공연으로 시공관에서 이 작품을 상연하였으며, 그 내용은 다음과 같다.

박성호 역

유치진 연출

주요등장인물

캐봇(아버지) 김동원

애비(계모) 백성희

시미언 (장남) 박암

피터 (차남) 장민호

에벤 (이복. 3남) 이해랑

이는 가히 대한민국 최고의 연극인의 잔치다. 모처럼 "연극다운 연극을 오랜만에 보고자 모여든 관객은 시종 열의에 가득 찬 무대를 감명 깊이 보고 있었다"(경향신문 1955.12. 5)

고 논평되기도 하였다. 지금이나 당시나 매우 특이한 주제를 극화한 이 공연은 1956년 1월에도 재상연된 바 있다.

무대장치의 상징성

이 극에서 가장 중요하게 취급된 주제는 아버지와 어머니 그리고 아들과의 대립이고, 계모 애비와 3남 에벤의 불순한 애정의 행로이다.

오래된 농가에서 살고 있는 한 농부 가족의 사건 전개가 줄거리가 된다. 흔히 무대는 희곡의 내용 전개의 편의성을 위한 장치가 된다. 그러나 이 연극에서의 무대장치 중 느릅나무와 돌담은 극의 진행과 사건 제기에 커다란 상징적 의미를 갖고 있다.

돌담은 나이든 아버지 캐봇을 상징한다. 캐봇이 50년에 걸쳐 집념어린 고집스런 피땀을 쏟아 부은 돌담이다. 그 사이 아내 둘이 죽었고, 세 아들들의 청춘과 그 후에도 이어지는 인생을 모두 쏟아 부은 것이다. 무대에서는 눈에 보이는 돌담(집을 둘러싼)과 보이지 않는 농장 주변의 돌담이 있다. 돌담 안은 온통 돌덩어리뿐이다. 나날이 돌 하나 하나씩을 쌓아 올려서 담이 되었으며 이 집안 모두의 평생이 돌담으로 쌓아올려진 것이다.

이것이 바로 캐봇이 하느님의 계시로 성취한 결정結晶이다. 캐봇의 사고방식과 대사 그리고 전개되는 사건의 처리는 이 돌담을 쌓아온 아집의 전개다. 자식들의 자유를 빼앗

고 그들의 희생적 봉사로 보안관이 자기 것이었으면 좋겠다
고 칭송한 농장에 대한 소유욕은 심지어 죽은 다음에 저 하
늘에 갖고 가고 싶다, 또는 죽을 때 모두 불태워서 아무도
갖지 못하게 하겠다는 잔인한 부성애와 무서운 욕망을 상징
한다.

두 그루의 엄청나게 커다란 느릅나무가 집 양쪽에 서 있
다. 지붕 위로 잡아끄는 듯 가지를 늘어뜨리고 마치 이 집을
보호하는 것 같기도 하고 짓누르는 것 같기도 하다. 그 모습
에서 일종의 사악한 모성애를 느끼게 하고 중압하고 독점하
려는 집념이 느껴지고 또 이 집안 식구와의 밀접한 접촉으
로 인간의 정취를 느끼게 한다. 이 집을 품어 안으며 피곤에
지친 두 여인의 늘어진 유방과 양 손, 그리고 머리채를 지붕
에 얹고 쉬고 있는 여인 같다. 돌담이 아버지상이라면 오닐
이 위와 같이 설명한 대로 바로 두 나무는 어머니상이다.

느릅나무는 미국 동부에서는 어디에서나 볼 수 있는 나무
이다. 오닐은 여기서 '불길한 모성'을 보여주고 있다. 이 나
무는 소름끼치는 모성애를 상징한다. 어머니에게서 해방되
지 못한 자에게는 이해할 수 없는 나무다. 또 풍요와 파괴
를, 기쁨과 슬픔을 함께 가진 어머니를 상징한다.

이 극의 때는 1850년, 장소는 뉴잉글랜드의 농가다. 이 지
역은 자유를 찾아 영국서 이민 온 퓨리터니즘Puritanism 신도
들의 개척지다. 막무가내인 집념의 소유자 캐봇 노인은, 이
시대인의 개척 정신으로 50년 동안의 인내심을 가지고 돌

투성이인 황무지를 풍요한 농장으로, 목장으로 조성하였
다. 남부에 비해서 농사에는 적합하지 않는 북부의 농지이
니 75세의 이프레임 캐봇의 집과 농장은 그의 인생의 모든
것이 각인刻印된 흔적이다. 그는 두 번 결혼했지만 두 아내
는 가혹한 노동에 못 이겨 병들어 죽고 말았다. 그래서 새
아내 애비를 맞이한다.

그에게는 강건한 체격의 세 아들이 있다. 장남과 차남은
전처의 자식인 39세의 시미언과 37세의 피터다. 그들의 청
춘은 부친의 완고한 퓨리터니즘의 희생이 되어 아버지에 대
한 증오심을 갖고 있다. 3남은 후처의 아들이며 25세의 에
벤이다. 그는 죽은 어머니에 대한 애정을 끊지 못하며 아버
지가 어머니의 토지를 빼앗고 어머니를 혹독하게 부려먹다
가 죽음에 이르게 했다고 아버지를 격렬하게 증오하고 있
다. 느릅나무는 이런 남자들의 집 지붕 위를 짓눌러 덮으며
가지를 늘어뜨리고 있다.

돌담은 평생 노동력의 대가요, 세 아들들을 가두어 두는
우리가 되었으니 느릅나무와 돌담의 상징적 의미는 오랫동
안 억눌러 온 잠재된 폭약이 언제라도 터질 수 있는 분위기
의 조성 효과가 잠재한다.

욕망의 파노라마

느릅나무가 뒤덮고 있는 농가는 풍요한 농토와 목장이 딸
려 있는 평화스런 농촌 풍경을 연출한다. 그런데 평화스럽

지가 않다. 불길한 느릅나무 밑에서 증오와 욕망이, 그리고
사랑이 저지른 살인이 뒤엉켜 펼쳐지는 비극의 온상지다.

세 아들은 아버지에 대한 증오심이 강하다. 아버지 캐봇
은 자식들을 부려먹는 이외에 애정의 표시는 전혀 없다. 그
리고 자식들은 아버지와 같이 개간한 농지에 대한 소유권이
나 상속에 관한 기미는 전혀 없으니 아버지에 대한 사랑과
효심이 없어도 무리가 아니다. 아버지는 아들들에 대한 불
신이 심하다. 젊은 자식들이 75세인 자기보다 일에 대한 능
력이 훨씬 모자라 잠시라도 일하기를 게을리 할까 노심초사
하니 부자 간의 증오와 불신으로 귀결된다. 세 아들의 어머
니인 전처와 후처도 너무 일에 시달리다가 죽어버렸다.

그래도 캐봇은 자기를 이해해 주지 않았다고 불만이고 섭
섭한 감정을 드러낸다. 자기의 억척스런 근로정신이나 퓨
리턴 신도의 아집적인 소유욕, 그 가운데서도 항상 외롭다
는 심정인 자기를 이해 못 한 아내라고 하면서, 그래도 아내
가 없으니 외롭다고 하느님의 교시를 받아 새 마누라 애비
를 맞이해 온다. 후처의 아들인 에벤은 농장과 집이 어머니
것인데 아버지가 강탈했다고 아버지를 증오하며 기필코 이
들 재산을 자기 것으로 찾으려 하는 소유권에 대한 욕망이
아버지 못지않게 강하다. 이런 판에 젊은 새어머니를 맞이
하게 되니 심리적 반발과 집이나 농장에 대한 소유권에 대
한 갈등을 예견하고 새어머니와는 앙숙이 되고자 한다.

애비라는 새어머니를 맞는 에벤은 어머니에 대한 의타심

과 모성애에 대한 애착심도 강하다. 그런데 새어머니는 집과 농장을 자기 것으로 알고 아버지와 결혼했으니 농장과 집의 소유에 대한 적으로 치부할 수밖에 없다. 애비는 도착하자마자 나의 집, 나의 방, 나의 침대, 나의 부엌이라고 장담한다. 애비는 집과 농지에 대한 소유권이 없다면 왜 늙어빠진 영감과 결혼했겠느냐고 한다. 소유에 대한 욕망이 전투를 시작한 셈이다.

그런데 애비와 에벤, 둘이 1 대 1로 대하는 가운데, 상대에 대한 미남미녀의 인식과 육욕이 발동하게 되고 이는 결국 두 사람을 수렁으로 빠뜨리게 된다. 사랑과 증오는 종이 한 장의 차이라고 하지만, 결국 사랑에 대한 오해를 불러일으켜 어린아이를 죽이는 둘의 순정은 무서운 사랑의 종말에 이르러 보안관에 연행되어 수감되는 죄의 대가를 치르게 된다.

〈느릅나무 밑의 욕망〉은 가지가지가 어울려 전개되는 욕망의 파노라마다. 네 부자父子의 농장과 집에 대한 소유의 욕망은 연극의 시작부터 끝까지 이어진다. 캐봇은 죽어도 갖고 가고 싶고, 그것이 안 되니 모두 불 질러 자기 이외에는 아무도 소유할 수 없게 하겠다고 한다. 큰 두 아들은 당연히 자기 몫이 있다는 욕망이 있다. 그러나 그 몫을 에벤에게 문서로 넘겨 주고 캘리포니아로 갈 뱃삯을 받고 떠난다. 그러나 농장이나 집에 못지않은 금을 찾아 먼 길에 나선 것이다. 그 금은 캐봇과 에벤도 어려운 일을 당한 때 찾아가고 싶은 금광이요, 금에 대한 욕망이었다. 금광이 아닌 작은 금화지만 캐봇이 감춰둔 20달러짜리 30개가 있고, 에벤은 그의 어머니의 가르침으로 숨긴 장소를 찾아내 두 형의 뱃삯으로 그들의 농장 몫을 받고 그것을 내주었으며, 그걸 모르는 캐봇은 그 금화를 찾다가 없는 것을 알고는 하느님의 계시라며 캘리포니아로 떠나려던 계획을 취소하고 다시 농장을 자기 것으로, 풀어준 소도 자기 것으로 가꾸어 나가기로 하니 캐봇에게는 역시 농장과 집 그리고 가축이 그의 인생인 것이다. 애비의 집과 농장에 대한 소유욕은 이미 설명한대로 부초의 생활을 정리하고 노인에게 시집온 사유의 전부이다.

또 하나의 욕망은 사랑에 대한 것이다. 에벤은 애비의 증오의 대상인 아버지와의 관계가 있는데, 새로 태어난 유아, 즉 자식에 대한 욕망을 애비가 차지하려 한다고 우겨대 애비는 진정한 사랑을 증명하려고 사랑하는 아기를 죽이고 만다. 애비의 농장과 집에 대한 욕망이 사랑에 눈뜬 이후로는, 이것들보다 더 소중한, 아들보다 더 소중한 에벤의 사랑을 얻기 위해 포기하는 것이 된다. 따라서 《느릅나무 밑의 욕망》의 싸움도 진정한 사랑이 욕망을 정복하게 된다. 이는 오닐의 변태적 휴머니즘이 엿보이는 것이다. 지 없는 도깨비 한 놈이 뜨거운 버터 비스킷으로 나를 쳤지 뭐예요. 옷을 갈아입어야 한단 말예요.

□ 연　보

1888년	10월 16일 브로드웨이의 바렛 하우스라는 호텔의 한 방에서 출생. 아버지는 배우인 제임스 오닐, 어머니는 엘라 퀸란. 부모 모두 카톨릭 신자며, 오닐은 그들의 셋째 아들.
1895년	10월 18일 마운트세인트빈센트의 수녀원 기숙학교 얼로이시어스 아카데미에 입학.
1900년	10월 16일 카톨릭 학교 드 라 살르 아카데미로 전학.
1902년	가을에 코넷티컷주 스탐포드의 기숙학교 베츠 아카데미에 입학. 이 즈음부터 종교와 인습에 대한 격렬한 반항을 나타냄.
1906년	9월 20일 프린스턴대학에 입학. 일 년간 수학.
1909년	10월 2일 캐서린 젠킨스와 뉴저지주 호보켄의 미국 성공회 교회에서 비밀리에 결

혼. 2주 후 금광 탐색대를 따라 온두라스로 출발. 5개월 후 말라리아에 감염되어 귀국. 한편 키플링, 잭 런던, 콘라드 등을 애독.

1910년 　　5월 6일 유진 오닐 2세 출생. 6월 선원으로서 찰스 라신호에 승선, 65일간의 항해 끝에 남미의 부에노스아이레스에 입항, 방랑과 잡일을 하고 온갖 고초를 겪으며 남아프리카까지 항해. 그간의 체험을 통해 바다는 생명의 근원이자 자유의 상징임을 깨달음.

1911년 　　7월 19일 뉴욕호를 타고 본격적으로 선원이 되어 영국 사우샘프턴으로 항해. 자매선 필라델피아호를 타고 8월 11일 뉴욕에 귀항하여 하선. 싸구려 여인숙 지미 더 프리스트에서 잡일을 하며 밑바닥 인생을 체험. 이때의 경험이 후일의 작품 〈안나 크리스티Anna Christie〉와 〈얼음장수 오다The Iceman Cometh〉 등에 묘사됨.

1912년 　　자살미수. 술에 취하는 일이 많았음. 7월 5일 캐서린과 이혼. 아버지가 출연한 〈몽테 크리스토 백작The Count Monte Cristo〉에서 단역배우로서 처음으로 무대에 섬. 9월

《뉴런던 텔레그래프》 신문사의 견습기자로 입사, 6개월 후에 퇴직. 그는 기사를 쓰는 것보다 시를 쓰는 일에 더 흥미를 느낌. 12월 24일 폐병으로 인해 코네티컷 주 월링포드에 있는 게일로드 팜 요양소에서 다음 해 6월 3일까지 치료받음. 스트린드베리와 그리스 비극을 애독.

1913년   11편의 단막극과 2편의 장막극을 창작. 현존하고 있는 것은 〈정숙한 아내A Wife for a Life〉 등 6편의 단막극뿐임.

1914년   위의 단막극 중 5편을 모아 첫 희곡집 《갈증과 기타 단막극들Thirst and Other One-Act Plays》을 자비로 출판. 9월 하버드 대학의 조지 피어스 베이커 교수의 연극 교실 '47 워크숍'에 출석. 그 후 뉴욕의 그리니치빌리지의 싸구려 여인숙 '지옥의 구멍The Hell' Hole'에서 거주.

1916년   여름 프로빈스타운으로 감. 조지 크램 쿡과 조지의 아내 수잔 글래스펠 등 유명 연극인들과 알게 되어 '프로빈스타운 극단'을 결성. 첫 작품 〈카디프를 향해 동쪽으로Bound East for Cardiff〉를 프로빈스타운 극단이 부둣가 창고극장 워프 디어터Wharf

Theatre에서 공연. 《프로빈스타운희곡집The Provincetown Plays》 제1집 및 제3집에 〈카디프를 향해서 동쪽으로〉와 〈아침 식사 전에Before Breakfast〉를 수록, 출판.

1917년 1월 〈안개Fog〉를 프로빈스타운 극단이 극작가 극장에서 공연. 2월 〈저격병The Sniper〉를 프로빈스타운 극단이 극작가 극장에서 공연. 10월 〈환상지대In the Zone〉를 워싱턴 광장극단이 희극극장에서 공연, 발표. 11월 〈기 귀향항로〉 및 〈고래whale〉를 프로빈스타운 극단이 극작가 극장에서 공연.

1918년 4월 12일 두번째 아내 아그네스 볼튼과 프로빈스타운에서 결혼. 그 후 케이프코드로 이주. 4월 〈밧줄The Rope〉을 프로빈스타운 극단이 극작가 극장에서 공연. 5월 《스마트 셋》지誌 5월호에 〈고래〉 발표. 11월 〈십자가를 가리키는 곳Where the Cross Is Made〉을 프로빈스타운 극단이 극작가 극장에서 공연. 12월 〈카리브 해의 달The Moon of the Caribbees〉을 프로빈스타운 극단이 극작가 극장에서 공연.

1919년 8월 《스마트 셋》지 8월호에 〈카리브 해의

달〉을 발표. 10월 〈꿈많은 소년The Dreamy
Kid〉을 프로빈스타운 극단이 극작가 극장
에서 공연.

10월 30일 둘째 아들 셰인이 프로빈스타
운에서 출생. 10월 《카리브 해의 달과 기
타 6편의 해양극집The Moon of the Caribbees
and six Other Plays of the Sea》 출판.

1920년   1월 《디어터 아트》지 1월호에 〈꿈많은 소
년〉을 발표.

2월 〈지평선 너머Beyond the Horizon〉를 모
로스코 극장에서 공연, 이는 브로드웨이에
서 상연된 오닐의 최초의 작품. 3월 〈안나
크리스티〉가 아폴로 극장에서 공연. 6월 3
일 〈지평선 너머〉가 첫 번째 퓰리처상 수
상, 동시에 출판. 8월 10일 아버지 제임스
오닐 암으로 사망. 11월 〈존스 황제The
Emperor Jones〉를 프로빈스타운 극단이 극
작가 극장에서 공연. 12월 〈별난 사
람Different〉을 프로빈스타운 극단이 극작
가 극장에서 공연.

1921년   1월 《디어터 아트》지 1월호에 〈존스 황
제〉 발표. 6월 〈황금Gold〉을 플레이스 극
장에서 공연. 11월 〈안나 크리스티〉를 밴

더빌트 극장에서 공연. 11월 〈지푸라기The Straw〉를 그리니치빌리지 극장에서 공연.

1922년   2월 28일 어머니 엘라 사망. 3월 〈원시인The First Man〉을 이웃극장에서 공연. 또 〈털북숭이 원숭이The Hairy Ape〉를 프로빈스타운 극단이 극작가 극장에서 공연. 5월 장남 유진 오닐 2세와 첫 대면함. 5월 21일 〈안나 크리스티〉로 두 번째 풀리처상 수상. 10월 코네티컷주 리치필드에 브루크 팜이라는 대저택을 사서 이주. 극작집《털북숭이 원숭이, 안나 크리스티, 원시인을 포함》출판.

1923년   11월 국립 예술원 회원으로 선출되고 희곡 분야 금메달 수상. 11월 8일 형 제임스 사망. 죽은 원인은 알코올 중독으로 인한 폐렴이었지만 그의 친구들 사이에서는 자살설이 나돌았음.

1924년   《아메리칸 머큐리》지 2월호에 〈신의 아이들은 모두 날개가 있다All God's Chillun Got Wings〉를 발표. 3월 〈결혼Welded〉을 39번가 극장에서 공연. 4월 〈노수부The Ancient Mariner〉를 프로빈스타운 극단이 프로빈스타운 극장에서 공연. 5월 〈신의 아이들은

모두 날개가 있다〉를 프로빈스타운 극단
이 프로빈스타운 극장에서 공연.

11월 11일 〈느릅나무 밑의 욕망The Desire
Under the Elms〉을 프로빈스타운 극단이
그리니치빌리지 극장에서 초연, 2개월 동
안 공연 후 브로드웨이로 이동하여 1925
년 10월 17일까지 공연. 11월 조용히 휴
식을 취하기 위해 영국령 버뮤다 제도에
은거, 창작에 몰두. 희곡집 《신의 아이들
은 모두 날개가 있다, 결혼》을 출판.

1925년   단막 및 장막 20편을 수록한 《유진 오닐 전
집The Complete Works of Eugene O'Neill》이 두
권으로 출판됨. 5월 14일 외동딸 오나 버뮤
다에서 출생. 버뮤다 스핏헤드에서 거주.
12월 1일 〈샘The Fountain〉을 그리니치빌리
지 극장에서 공연.

1926년   1월 23일 〈위대한 신 브라운The Great God
Brown〉을 그리니치빌리지 극장에서 초연,
브로드웨이의 극장으로 옮겨져 9월 28일
까지 공연. 6월 13일 연극에 끼친 탁월한
공헌으로 예일대학에서 명예문학박사학
위 수여. 희곡집 《위대한 신 브라운, 샘》
출판.

1927년	〈백만장자 마르코Marco Millions〉 출판. 〈라자루스가 웃었다Lazarus Laughed〉 출판.
1928년	1월 9일 〈백만장자 마르코〉를 길드 극단이 길드 극장에서 공연. 1월 30일 〈이상한 막간극Strange Interlude〉을 길드 극단이 존 골든 극장에서 공연 및 출판. 세 번째 퓰리처상 수상. 2월 카로타 몬터레이와 결혼 의지를 굳히고 비밀리에 영국 여행길에 오름. 4월 〈라자루스가 웃었다〉를 파사데나 지역극단이 파사데나 지역극장에서 공연.
1929년	7월 1일 아그네스 볼튼과 이혼. 7월 22일 카로타 몬터레이와 파리에서 결혼. 〈발전기Dynamo〉를 길드극단이 마틴 벡 극장에서 공연 및 출판.
1930~1931년	이탈리아, 스페인을 비롯한 유럽 각지와 싱가포르, 상하이 등 아시아 여행.
1931년	5월 17일 해외여행에서 귀국하여 뉴욕에 체재. 6월 유진 오닐 2세가 엘리자베스 그린과 결혼. 10월 〈상복이 어울리는 엘렉트라Mourning Becomes Electra〉를 길드극단이 길드극장에서 공연 및 출판. 이 작품은 정기공연을 하지 못했으나 출판이 되자마자 선풍적 인기를 얻었음.

1932년	도시를 벗어나 조지아주의 시랜드에 호화 주택 카사 제노타를 건축.《유진 오닐의 9편의 희곡집Nine Plays of Eugene O'Neill》출판.
1933년	미국 한림원 회원으로 피선. 10월 2일 〈아, 황야!Ah, Wild erness!〉를 길드극단이 길드극장에서 공연 및 출판.
1934년	〈끝없는 나날Days Without End〉을 길드극단이 길드극장에서 공연 및 출판.
1934~1935년	20편의 장막극과 9편의 단막극을 전 12권으로 나누어 〈유진 오닐의 희곡집The Plays of Eugene O'Neill〉 출판.
1936년	봄에 〈시인기질A Touch of the Poet〉의 초고를 끝냄. 9월 시애틀로 이주. 11월 노벨문학상 수상자로 지명됨. 12월 28일 오닐은 맹장염수술 때문에, 카로타는 충수염의 심각한 합병증으로 다음 해 3월까지 입원.
1937년	2월 17일 노벨상 메달 전달식이 병원에서 행해짐. 퇴원 후에는 캘리포니아 주의 단빌에 중국풍의 이상적 저택 타오 하우스를 건축하기 시작.
1938년	12월 타오 하우스에 입주.
1939년	9월 이후 신장염과 전립선염으로 고생하

기 시작함. 11월 26일 〈어름장수 오다〉를
완성.

1940년   〈밤으로의 긴 여로The Long Day's Journey
Into Night〉를 거의 완성. 오닐은 아내 카로
타에게 결혼 12년을 기념하여 헌정하였지
만 실상 이 작품은 피와 눈물로 점철된 슬
픈 극임. 헌정사의 한 구절에 "사랑하는 내
님이여, 생각하면 이 12년간은 빛 그리고
사랑에의 여로였소"라는 그의 애절한 고백
이 표출되어 있음. 연말에 기관지염.

1940년   봄 〈어름장수 오다〉에 수정을 가함.

1941년   건강이 불량. 〈밤으로의 긴 여로〉를 약간
가필 수정. 뉴욕의 랜덤출판사에서 《유진
오닐 극집The Pays of Eugene O'Nill》 세 권을
출간.

1942년   2월 파킨슨병 판정을 받음. 병으로 인한
우울증과 비관적 태도가 증가함. 6월 〈휴
이Hughie〉를 탈고. 오닐은 이 작품이 공연
되는 것보다는 읽히는 것을 원했으나, 그
의 사후 1958년 9월 18일 스톡홀름에서 공
연됨. 미국에서는 1964년 12월 22일 뉴욕
로열 극장에서 공연. 6월 16일 18세인 딸
오나가 오닐의 완강한 반대에도 불구하고

54세의 희극배우 찰리 채플린과 결혼하여 그의 네 번째 아내가 됨. 이에 격노한 오닐은 딸과 절연을 선언. 신장장해가 옴.

1944년   7월 31일 알코올 중독자이고 마약 환자인 둘째 아들 셰인이 캐서린 기벤스와 결혼. 6년간 거주한 타오 하우스를 떠나 샌프란시스코로 이주.

1945년   11월 19일 셰인의 아들이며 오닐의 첫번째 손자인 유진 오닐 3세 출생. 제2차 세계대전 종식. 브로드웨이로 이주.

1946년   2월 10일 손자 유진 오닐 3세 유아급사중으로 사망. 10월 9일 〈어름장수 오다〉를 길드 극단이 마틴 벡 극장에서 공연. 그리고 출판.

1948년   1월 이후, 오닐의 부부생활은 오닐의 산발적인 신체적·정신적 건강 악화로 인해 일시적 별거와 화해를 되풀이함.

1950년   9월 25일 기대를 가졌던 유진 오닐 2세가 면도칼로 손목을 베어 자살. 카로타의 이야기로는 유진 오닐 2세는 〈어름장수 오다〉와 〈밤으로의 긴 여로〉를 읽고, 전자는 멋진 작품이라고 감탄하였으나 후자에 대해서는 너무나도 적나라한 오닐의 가족사

史에 사후 25년간 발표하지 말 것을 아버지에게 부탁해 오닐은 이를 받아들였다함.

1952년 〈잘못 태어난 사람들을 비추는 달A Moon of Misbegotten〉 출판.

1953년 10월 집에서 넘어져 머리 부상. 11월 27일 오후 4시 39분, 급성 폐렴으로 3일간 고열에 시달리고 36시간의 혼수상태 후 조용히 영면. "호텔 방에서 태어나 - 저주스럽다 - 호텔 방에서 죽다니"라는 최후의 말을 남김. 12월 2일 보스턴 시 교외의 포레스트 힐 묘지에 유해 안장. 그가 죽으면 장례식은 간단하게 치르고 목사는 부르지 말라는 본인의 유언에 따라 주치의, 간호사, 그의 아내 카로타만이 입회한 고독한 장례식이었음.

1955년 카로타는 오닐의 장남도 죽었다는 이유로 예일대학 출판부에 〈밤으로의 긴 여로〉의 출판허가를 내줌.

1956년 2월 2일 〈밤으로의 긴 여로〉가 스톡홀름의 로열 드라마틱 극장에서 초연. 11월 7일 헬렌 극장에서 뉴욕 초연. 오닐 사후 네 번째 퓰리처상이 수여됨.

1962년	9월 11일 스톡홀름의 로열 드라마틱 극장에서 단축된 대본으로 〈더욱 장엄한 저택 More Stately Mansions〉을 초연.
1967년	12월 〈더욱 장엄한 저택〉이 미국 로스앤젤레스에 있는 아만손 극장에서 공연됨.

(이 연보에는 유진 오닐의 극작 이외의 저작에 대해서는 소개하지 않았음을 밝힙니다.)

옮긴이 신정옥

이화여자대학교 대학원 문학석사 취득.
한국 외국어대학교 대학원에서 문학박사 취득.
명지대 영문과교수 역임.
국무총리실 정부시책 평가 교수 및 정책 자문위원 교수.
명지대 외국어교육원 원장.
한국 셰익스피어학회 회장.
명지대 명예교수 역임.
저서 및 역서로는 《한국 신극과 서양 연극》《무대의 전설—명배우 명연기》
《현대영미희곡》(전 10권) 《셰익스피어 전집》(전 40권. 출간중) 《유리동물원》
《욕망이란 이름의 전차》《에쿠우스》《아마데우스》외 다수.

느릅 나무 밑의 욕망

초판 1쇄 발행 | 1991년 10월 10일
초판 4쇄 발행 | 2017년 12월 26일
2판 1쇄 발행 | 2021년 11월 5일
2판 2쇄 발행 | 2022년 6월 28일

지은이   유진 오닐
옮긴이   신정옥
펴낸이   윤형두, 윤재민
펴낸곳   종합출판 범우(주)

등록번호   제406-2004-000012호(2004년 1월 6일)
            10881 경기도 파주시 광인사길 9-13 (문발동 525-2)
대표전화   031-955-6900, 팩 스 | 031-955-6905

홈페이지   www.bumwoosa.co.kr
이메일   bumwoosa1966@naver.com

ISBN 978-89-6365-012-8 03840